夏目漱石
なつめ・そうせき

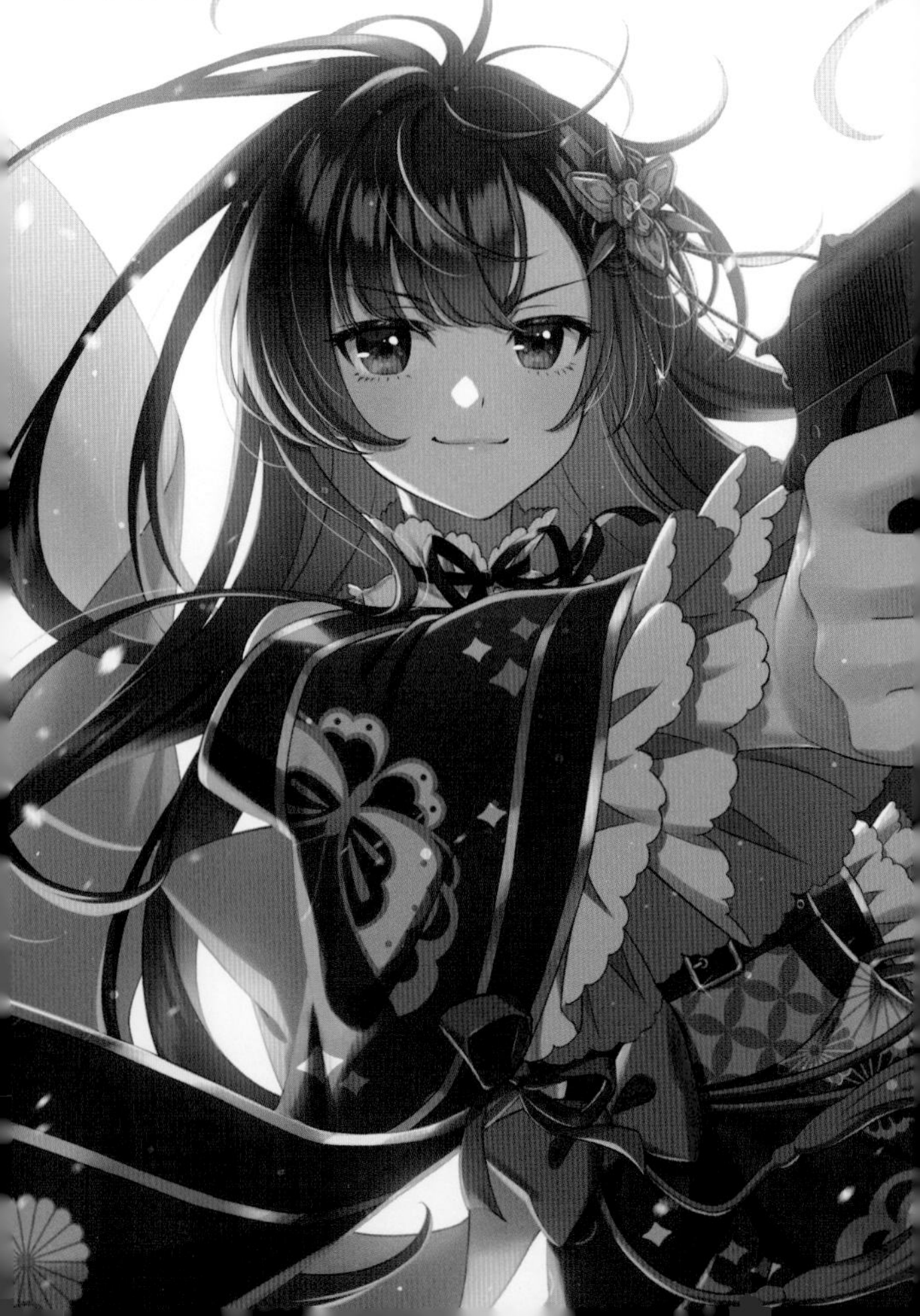

夏目漱石ファンタジア2

零余子

ファンタジア文庫

3417

口絵・本文イラスト　森倉　円

夏目漱石ファンタジア

この物語は虚構であり、
実在の人物・団体とは一切関係ありません

零余子 Reiyoshi
絵 森倉円

2

序章　十八年前・香港《ホンコン》

地獄。

西暦一八九四年の香港を言い表すには、その一言で足りる。


かつて、この世界には死神がいた。

死神は身分差別の激しかった十四世紀のヨーロッパにおいて、身分の貴賤を問わず、王族と奴隷に等しく死を与える存在であった。

この死神に見初められた者は、肌が黒くなり絶命する。

あまりに凄惨な死の在り様から、人々は死神に黒死病《ペスト》という名を付けた。

命を刈り取る名前を背負ったこの死神は、ヨーロッパの人口を二千五百万人ほど減らし、その後眠りについたという。

死神の眠りは深いものであった。だが、眠りはいつか醒《さ》めるものだ。

そして五百年後。死神は香港で覚醒した。

英国統治領・香港。そこにケネディタウン病院はある。

病院の近くには広大な花畑があったが、香港でペストが蔓延《まんえん》して以降、花畑は墓地として使われていた。

多すぎる病死人を埋葬するのに、花畑まで活用しなければならないほど追いつめられた香港。

そこにいる六人の日本人医師たちも今、追いつめられている。


「ダメだ。完全に包囲されている」

墓地と化した花畑の傍《かたわ》らに、急ごしらえの小屋があった。

大粒の雨が天井を叩《たた》く音が広がる小屋の中、医師・青山胤通《あおやまたねみち》は呟《つぶや》いた。

「取り囲んでいるのは白教《はくきょう》（香港で活動していた宗教集団）の信者たちだ。我々が遺体の病理解剖をしていることを感づいたらしいな」

小屋の外の包囲網は万全で、とても逃げられそうにない。

自分たちが袋のネズミであることを悟った医師たちが、次々と口を開く。

「彼らの教義は反西洋文明だ。当然、西洋式の病理解剖を行っている俺たち日本人医師団も邪宗と見なしている。このままだと奴《やつ》らに八つ裂きにされる」

「だから私は渡航前に主張したんです！　いくらペスト研究のためとはいえ、病理解剖の文化がない香港で、遺体を切り刻むような研究は無茶だって！」

「だが我々がペストの原因を突き止めなければ、香港はおろか、アジア中にペストが拡散することになる。そうなればまた何千万人も死ぬぞ。食い止めるためには研究しなければならない。そして、病理解剖こそ、ペストに迫れる唯一の手段であるはずだ」

しかし、だって、でも。

相手の発言に覆《かぶ》い被せるように、医師たちは発言し合う。

ふと、喧騒《けんそう》の中で青山は気づいた。

喧騒を構成している声は自分を含め五人分だ。一名、無言の奴がいる。

そしてそいつは、こんな状況下だというのに、部屋の隅で雑誌を読んでいた。

「おい、北里《きたさと》さんよ！」

青山は部屋の隅で英字雑誌を読んでいる男に対して声を荒らげた。

「あんた、こんな状況だというのに、一体何やってんだ⁉」

「見ての通り、ストランド・マガジンを読んでいる。ちょうど読み終わった」

その男——北里柴三郎《しばさぶろう》はため息を吐《つ》いた。

深く、悲しげな吐息だった。

ただ、彼が吐露する悲しみの原因は、青山の理解から外れたものだった。

「最新刊を読んで驚いた。まさかシャーロック・ホームズが滝から落ちて死ぬとは……。このクソみたいな結末は一体どうしたことだ？　作者に抗議せねば……」

途端、青山は北里の胸ぐらを摑《つか》んだ。

自分たちが真剣に身を案じているのに、その不安を共有しようとしない北里の態度が我慢ならなくなったのだ。

「空想上の登場人物の死を嘆くより、目先の命を考えてくれ！　白教の連中は、間もなくここに押し入ってくる。そうなりゃ全員が殺されるんだぞ！」

「確かに、殺されるのは困る」

北里は落ち着いた声音で呟くと、付け足す。

「シャーロック・ホームズの復活を見届けるまでは、死ぬわけにもいかん。生きる理由が追加されたことだし、彼らを迎撃せねばならんな」

この状況において、彼の口から出てくるセリフは、心臓の剛毛具合を窺《うかが》わせるほどに不遜なものだった。

相手は多勢。対してこちらは僅か六名だ。抵抗など考えられない状況で、迎撃？

青山はまじまじと北里の顔を見た。

「ふざけているのか？」

相手の正気を疑って問うと、逆に北里から問い返される。

「ふざけている？　貴様の目の前にいるのは医者だぞ？　人間の命が懸かっている状況下で、ふざける医者がこの世のどこにいる？」

そのまま彼は青山の返答を待たず、小屋のなかにあったとある装置を手に取る。

発光機に使用していた、薬缶《やかん》ほどの大きさの電源装置――硫酸電池だ。

北里は自分の両腿《りょうもも》にそれぞれ硫酸電池の容器を紐《ひも》で括《くく》りつけ、装置から延びるコードを体の各所に突き刺していった。

常識を覆《くつがえ》すような戦支度に、場の面々は息を呑《の》むことしかできない。

「よし」

やがて、北里は短く呟くと、場の面々をギロリと睨《にら》む。

強烈な視線に射すくめられて、青山は思わず背筋を正した。

「分かっていると思うが、ペストの原因を突き止めるまであと一息だ。我々は今、歴史の分岐点に立っている。我々がここで踏ん張ることで、死神に怯《おび》える暗黒の時代に終止符を打つのだ」

そう前置いた北里は、腹の中に言葉を溜《た》め、落雷のような声量で解き放つ。

「日本人医師団の団長として宣言する！　我々はこの作戦《オペ》を——『死神殺しの物語《ゴッドハント・テイル》』を、完遂する！　いいか、いかなる手段を使ってでも、必ず完遂するのだ！」

吼《ほ》えた北里は、そのまま小屋の外へと大股で飛び出していく。

彼を放っておけない。

そう考えた青山が北里を追って小屋の外に出れば、大粒の雨に打たれる北里が、数多《あまた》の敵と対峙《たいじ》している光景を目《ま》の当たりにする。

圧倒的な敵意に晒《さら》されつつ、北里に動じた様子はない。

「殺せ！」

白教の誰かが叫んだ。それが襲撃の引き金になった。

刀剣の類を持った信者数名が北里に押し寄せてくる。

その、直後。

場にいる全ての者は目にした。北里の体が雷光を帯びたように輝くのを。

そして同時に耳にした。北里が紡《つむ》いだ、短い言葉を。

「——随分ごきげんよう《ENTLASSEN》」

次の瞬間、途方もない暴力が場を蹂躙《じゅうりん》した。

一章　高名な依頼人

誰もが敵だった。

医者、代議士志望、競馬の予想屋、娼婦《しょうふ》、教師、軍人、主婦、路上生活者――英国の首都ロンドンの社会を構成する、数多の人々。

それらを薙《な》ぎ払い、前に進む。師を助けるために。

『おお、漱石《そうせき》、夏目《なつめ》漱石よ！　東洋から智《ち》を求めてやってきた留学者よ！』

『なんとも泣かせるじゃないか！　手遅れと知りつつ、師の元に駆ける姿は！』

『だけどもう遅いのよ！　もう遅いのよぉ！』

行く手を阻《はば》む者たちが嗤《わら》う。

――邪魔だ！

焦《あせ》りが自分を極度の吝嗇《りんしょく》家にさせる。

心に浮かぶ言葉を口に出す手間すら惜しい。

道を塞ぐように立ちはだかる炭団《たどん》売りの横面《よこつら》を、手にしていたステッキで殴り飛ばしてどかす。背後から摑みかかってくる新聞屋には肘撃ちを浴びせる。

進路に目を向けると、なおも群衆は待ち受けている。

皆、一様に似通った笑いを顔に張り付けて、こちらの歩みを妨害してくる。

ステッキで打擲《ちょうちゃく》すれば倒れるのだが、次の瞬間には、のっぺりとした笑いを浮かべて立ち上がってくる。痛みも苦しみも感じていないのか。

こうしている間にも、師の身に危険が迫っている。

猶予はない。ならば邪魔する奴への容赦も無用。

――脳は砕けよ、胴は割れよ！

――人という形を滅ぼすのだ！

心の枷《かせ》を外し、ロンドンの石畳を群衆の血で洗う。

己の獣性が完全解放されたのを感じながら、暴力のパレードを続ける。

医者が、靴磨きの少年が、軍人が。

次々と石畳の上に転がされながらケタケタ嗤う。

『なんと仕事熱心なことか！』

『全てが徒労に終わると悟っていてなお、仕事を投げ出さないとはね！』

『ならば進むがいいとも。そら、目的地はもうそこだ！』

ふと、気づいた時。

自分は二階建てのアパートメントの前にいた。

目的地はここだ。師が執筆部屋として借り受けているのは二階の一室。

急いでアパートメントの階段を上がり、師が借りている部屋の戸をステッキで叩く。

返事がなかったので、ドアを開け放つと部屋に飛び込む。

奥には執務スペースがあり、そこが師の定位置だ。

重厚な拵《こしら》えの机に向かい難しい顔をしながら、原稿を執筆している師の姿があるはずなのだ。普段なら。

なのに。

「そんな……」

そこに師の姿はなく、机の上には薬液で満たされた水槽が置かれていた。

そして、その中には人間の脳が一つ、気だるげに浮いていた。

『我思う、ゆえに我あり』

悪魔の所業を眼前にして言葉を失っていると、背後から声が聞こえてくる。

よく知る人物の声だった。

『思考は人間の本質です。思考する脳がある限り、人格は確かに存在する。それなら思考する脳さえ保管されていれば、人は永遠に生き続けるということになりますよね』

背後の存在はまず、デカルトの哲学を引用してきた。

悪魔が人間の哲学を解釈した結果が、眼前の光景であるらしい。

『人とは、頭脳なのですよ。ほかの部分はただの付属物に過ぎません』

そう嘯《うそぶ》く声が近づいてくる。

『あなたの師――アーサー・コナン・ドイルは、この姿になって初めて完成したのです。無駄のない、作家として洗練されたこの姿にこそ、美があるのです』

ねっとりと肌にまとわりつく、執着を帯びた声の主に背後を取られた。

首筋にゾワリとした寒気を覚える。

振り返れば、在りし日のままの微笑を浮かべる男が、斧《おの》を振り上げていた。

『ならば夏目先生、あなたにも美を贈りましょう』

「虚子《きょし》！」

かつての相棒の名を口にした途端、斧が無慈悲に振り下ろされた。

「…………！」

ベッドの上で上体を跳ね起こす。

毛布が跳ね飛ばされ、十月の肌寒い空気を感じた。

じっとりと汗ばんだ肌が冷まされていけば、心も落ち着きを取り戻していく。自分の在り様もはっきりと認識できてきた。

今、自分がいるのはロンドンではなく、東京・丸山福山町の家である。

今、自分は燕子花《かきつばた》の凛《りん》とした佇《たたず》まいを思わせる見目麗《みめうるわ》しい才媛の体に、脳移植という形で借家している。

外見からは、とても正体が文豪・夏目漱石だとは気づかれまい。

だけど確かに漱石なのだ。

作家の自由を害する全ての横暴に抵抗する武装組織・木曜会の司令官であり、その力を危険視した政府によって一九一〇年に爆殺されたはずの男は、かつての婚約者である樋口《ひぐち》一葉《いちよう》の体を使って命を繋《つな》いでいた。

ここに至るまでの人生の中で、何度も死にかけてきた。一度はほとんど死んでいた。

それでもまだ世界に自分は居る。

思うに、世界はまだ夏目漱石という存在が必要なのだろう。

そして、解散した木曜会に代わり、夏目漱石が密《ひそ》かに新設した秘密結社・幻影《まぼろし》の盾による秩序維持を、學天則《がくてんそく》という悪性兵器の拡散を許してしまった世界は求めているのだろう。

この体に残された時間は有限だ。

寿命のロウソクに灯《とも》る炎は激しく、それだけ寿命の消費も早い。

寿命に気を使い、現世で己のできることを全うする。それが夏子《なつこ》の人生の意味だ。

「むにゃむにゃ、とろろ、とろろ……」

ひどく間の抜けた声がした。

夏子の傍《かたわ》らに敷いた布団《ふとん》で、夏子の護衛を務める美少女・禰子《ねこ》が寝言を呟《つぶや》いている。

両親を亡《な》くし幼い身一つで帝都に放り出され、盗みで口を糊《のり》してきたというかつての野良猫《のらねこ》も、夏子という飼い主を得た今は、時折このような駄猫具合を見せるようになっている。

その姿が微笑《ほほえ》ましくて、夏子は笑った。

このところの自分は、悪夢に悩まされている。

悪夢の舞台はいつもロンドンだった。霧に覆われ、街を歩けば石畳の冷気が足元から這《は》い上がってくる、夏子にとっては忌《い》まわしい記憶の地である。

しかも今回の悪夢には、かつての相棒であり連続殺人鬼・ブレインイーターでもある高《たか》浜虚子《はまきょし》が友情出演してきた。まったくもって嬉《うれ》しくない。

今夜も悪夢を見るのだろうかと思うと、気が滅入《めい》る。

そんななか、禰子の間の抜けた姿が、悪夢で炎症した精神に少しだけ清涼をもたらしてくれた。

——それにしても、一体どんな夢を見ているやら。

面白くなって、禰子を起こさず観察を試みる。

すると彼女がとんでもないことを呟いたので、夏子は眉間にしわを寄せた。

「お前、悪い遊びを覚えたか？」

「みゃっ⁉」

Ⓚ

東京・丸山福山町にある小さな家には「慈恩宮《じおんぐう》」という表札がかかっている。

造りは和装だが、室内には机や椅子が運び込まれており、洋風の生活を送れるようになっている。

この慈恩宮の主である夏子は、和式の生活を好む。

一方、慈恩宮の本質が、學天則という悪性兵器を破壊して回る秘密結社・幻影《まぼろし》の盾の基地であることを考慮すると、敵対勢力からの襲撃に備えなければならなかった。

そのため、いざとなれば銃弾を防ぐ盾となる机や椅子を運び込む必要があり、結果的に洋風の生活スタイルに落ち着いた。

さて、テーブルに禰子が朝ご飯を並べ終え、二人の朝食が始まったところで、夏子が禰子に突っ込んだ質問をした。

禰子は動揺し、箸で摘まんだバカガイの干物を取りこぼしている。

「な、ななな、なんのことですかご主人様。私はまったく心当たりがありません」

震える声で否定の弁があった。

夏子は軽く頷《うなず》き、話題を変える。

「そうか。ところで近頃の若い者は、正しく物を数えられないと聞く」

「そ、そうなんですね。それは大変ですね！」

夏子の話題の変え方に禰子は違和感を持った様子だったが、禰子としては話題転換がありがたかったようで、夏子の話に合わせようとしてくる。

「箸の数え方もなっていないと聞く。禰子、お前なら箸はどう数える？」

「ええと、一膳、二膳、三膳という風に数えます」

「ウサギはどう数える？」

「一羽、二羽《わ》、三羽です」

「それなら馬は?」

「一着、二着……あっ!」

語るに落ちるとはこのことである。

禰子がマヌケさを露呈したところで、質問は尋問に変わる。

「競馬に手を出したな! 寝言で馬券やら単勝やら、挙句にビューティフルドリーマー(馬の名前)なんて呟いていたから怪しいと思っていたが、やはり!」

「待ってください。今、頭の中で言い訳を整理していますので」

「図太いなお前」

呆《あき》れながらも待ってみる。

禰子が己の弁護材料を整理するのには、かなりの時間を要した。彼女は死んだように黙して考え込んでいる。彼女の沈黙に付き添う夏子は、一体どれほど待てばいいのだろうと不安になった。

何秒かかったかを計測しようとしたが、途中で勘定に飽きた。

それほど長い沈黙だった。さぞ壮大な言い訳を考えているのだろう。

やがて、焼いたバカガイの干物も冷めて固くなってきたところで、彼女は「よし」と何

やら手を打っている。練りに練った言い訳を、ようやく聞けるようだ。

「ご主人様。誤解があります」

「誤解？」

「競馬は悪い遊びではありません。紳士淑女の高尚な遊びです」

「盛大に時間稼ぎした挙句、絞り出したのはその程度か？」

禰子の絞り出した言い訳は、夏子の心の琴線に触れなかった。

「確かに健全な祭典としての競馬もあるが、お前が出入りしているのはどう考えても闇の競馬だろう。公的には認められていない、悪い遊びだ」

「べ、別に危険な遊びではありません」

抗弁する禰子だが、夏子は首を横に振る。

「いいや、危険だ。競馬で一獲千金を狙って身を崩した者も多いんだ」

「それはその人たちが欲に溺れたバカだったからです」

「今、俺のことバカって言ったか？」

夏子は禰子を睨《にら》んだ。場の空気が冷えた。

禰子が目を丸くし、血色の良い唇を震わせる。

「ま、まさかご主人様、競馬でやらかした過去が？」

「言ったよな？　俺のことを、精神的に向上心のないカス野郎って言ったよな？」

「そこまで言ってませんよ⁉」

「そこまで？　じゃあ一体どこまで言ったんだ」

濡《ぬ》れ衣《ぎぬ》を着せてビショビショにした乙女の柔肌に、粘着質な言葉と目線を這わせる。

面倒くささ全開の夏子に、禰子も流石《さすが》にマズいと思ったのか、上目遣いで懇願する。

「あの……ご主人様。ここはお目こぼしをいただけませんか？　競馬からはもう足を洗いますので」

「足を洗う？　競馬に手を染めておいて、足を洗うだと？　手は染まったままだろうが。手を洗え」

「いくらでも洗いますから、まずは落ち着きましょう。ね？」

大人げない因縁をつける四十代半ばの文豪（肉体年齢は二十代半ば）は、十七歳となった少女から、しばらく説得されることになった。

　その後、落ち着きを取り戻した夏子は、禰子の話に耳を傾ける。

　そして驚くのだ。

「じゃあお前、俺に贅沢《ぜいたく》な暮らしをさせてやろうと思い、競馬を？」

「はい……」

禰子は小さくなりながら説明する。

曰《いわ》く、少し前まで夏子は神田高等女学校の教師であったが、職を辞して『幻影の盾』の活動に勤《いそ》しむにあたり、定期的な収入がなくなった。そこを禰子は心配したという。

特に夏子は食道楽である。

夕食に一品、美味《おい》しいおかずを追加するだけで、顔に笑みが浮かぶ。

今は絶世の美貌の持ち主であるため、表情は芸術の域になる。

その笑顔を守るべく、家計のやりくりを考えていた禰子だが、やはり定期収入がないので、遅かれ早かれ行き詰まるという結論に至った。

ここ、丸山福山町に新しい家を建てたことも、夏子の懐《ふところ》に影響を与えているとも勘定していた。

手に職をとも考えたが、護衛である自分が仕事のために夏子の元を離れるわけにもいかない。だが金子《きんす》は欲しい。

そこで考えたのが、競馬だったという。

「ご主人様は、一月から朝日新聞で連載していた『彼岸過迄《ひがんすぎまで》』の原稿料も全て、鏡子《きょうこ》奥様の口座に振り込んでしまいました。ご家族のためなので素晴らしいとは思うのですけど、ご自身のために、もっとお金を使ってもいいと思ったのです」

禰子《ねこ》にとって夏子は、この世における居場所を与えてくれた恩人だった。

その恩人に報いようと、自分にできる金策を考え抜いた上の至愚だったという。

――これは俺が悪いな。

話を聞いて、夏子は反省した。

実のところ、お金のアテはあるのだ。ただし秘匿するべき財源だった。

子どもにも内緒にしてある。木曜会の面々にはもっと内緒にしてある。

木曜会に集う面々は金銭面に関して中々のクズ揃《ぞろ》いであったため、もし財産があると知られれば、無限大の借金を申し込まれる。さらに言えば、絶対に貸し倒れるであろうと分かっていたからだ。

秘密財源の存在について、木曜会で把握していたのは副司令官の寺田寅彦《てらだとらひこ》と、幹部の一人である小宮豊隆《こみやとよたか》くらいだったろう。

当然、禰子にも秘していたが、それが裏目に出てしまったようだ。

「禰子」

しゅんとしている禰子に柔らかい声音で呼びかけ、肩にそっと手を乗せる。

「ありがとう。お前の想《おも》いは確かに受け取ったよ。どうやら現状について、詳しく説明をする必要がありそうだ」

そう前置いて、夏子は語る。

「まず、朝日新聞の『彼岸過迄』についてだ。あれは夏目漱石《なつめそうせき》が生前に書いていた作品のストックがあり、それを朝日新聞が出版したという体裁《ていさい》をとっている。世間で夏目漱石は二年前の『修善寺の大患』で死んだと思われているからな」

「ご主人様を危険視した政府による謀殺でしたよね。実のところ、朝日新聞にご主人様の作品が連載されるにあたり、政府の妨害がなかったのは意外でした」

「一応、政府と木曜会は和解したことになっている。俺の作品を妨害したなら、政府から和議を破ったのと同義だ。寺田君も怒るだろうよ」

それは政府も望まないはずだと、夏子は計算していた。

漱石は戦いの中でも不殺主義を貫いており、木曜会の面々にも徹底させていた。後に政府との手打ちを選んだ寺田も、漱石の不殺主義を一応は尊重していたようだ。

だが、漱石を欠いた（ことになっている）この状況において、寺田が漱石の不殺主義を順守するべき理由もない。

当然、政府が寺田の面子《メンツ》に泥を塗れば、土佐藩お抱えの処刑人の血と刀を継ぐ寺田を激怒させ、帝都が血で染まることになる。

政府だって頭は回る。無用な流血は回避することだろう――そう説いて、夏子は言葉を足す。

「ただし、政府が朝日新聞に介入しなかったのは、別の思惑があってのことだ」

「思惑？」

「原稿料の流れを見るためさ。政府だって、夏目漱石が生きている可能性については考慮したことがあるはず。『彼岸過迄』を巡る金の流れが怪しければ、そこに夏目漱石の生存の可能性を見出《みいだ》したことだろう」

禰子が「あっ」と声を上げる。

「だからご主人様は、全額を鏡子奥様のところに振り込ませたんですね！」

「そうだ。政府が金の流れを追うだろうということは気づいていたからな。原稿料は全て未亡人となった鏡子に渡ったきり、そのままだ。夏目漱石死亡の信憑《しんぴょう》性が、政府の中でも高まったはずだ」

説明し、夏子は内心で苦笑いする。

実際のところ、妻に金を送ったのは、苦労を掛けている詫《わ》びのためだった。

また、末の妹を失って悲しんでいるであろう子どもたちに、何か心の慰めになるようなものを買ってあげて欲しかったからだ。

なんとなく、鏡子ならあの金を有益に使ってくれるだろうという確信があった。

だが、それを口に出すのはむず痒《がゆ》いので、言葉を喉奥に押し込むのであった。

「それと、生活費については心配いらん」

夏子は、禰子の不安の種を取り除くために明るく言う。

「俺は資産運用で随分と儲《もう》けているからな」

「資産運用？」

「株だよ、株。小宮の親戚で、金融系に強い男がいてな。彼に投資顧問になってもらい、銀行系の株を買い集めていたんだ」

漱石が尊敬する兄・大助《だいすけ》は、簿記のエキスパートであった。

彼を尊敬する漱石も、兄からの薫陶《くんとう》を受け簿記を学び、金銭面のセンスは当時の壮丁の平均をはるかに凌駕《りょうが》していた。

更には洋行により世界の情勢をも摑《つか》んでいたので、どの株を買えば儲かりそうか、漠としたイメージを描くことができた。だから漱石は、帝国大学からの年俸の一部を、株の購入に費やしていた。

株は化けた。特に台湾銀行株は化けた。

漱石の元には多額の金が入ることになったが、漱石はその金で別の銀行の株を買い、その株もやはり化けた。

だから漱石の懐は、周囲の想像以上に温かかったし、金融取引により得られた人脈を伝って木曜会に必要な武装の調達も行えていた。

漱石の金脈は、夏子となった今でも引き継いでいる。

禰子が頑張って競馬で金を稼がなくてもよかったのだ。

「…………」

それを聞いた禰子がシオシオと萎《しお》れてしまう。

夏子への忠義を空転させてしまっていたと知って、徒労感を得たらしい。

「じゃあ私の競馬は、本当は必要なかったのですね。闇競馬と知り、場違いの身だと悟りつつ、強面《こわもて》ばかりの中に勇気を出して飛び込み、馬券を買った苦労も無用だったと」

「お前の労苦には報いるつもりだよ」

「ううう……そんな言葉じゃ足りません。私の気苦労は何だったというのでしょう。馬の様子を見るために近づいて蹴られそうになった恐怖は？　馬と仲良くなるまでに費やした時間は？　背中に乗せてもらうまでの散々の苦労は？　レースに負けた時の悔し涙の粒は夜空の星のように数えきれないというのに、全ては私の空回りであったと――」

「おい待て」

聞き過ごすことができない告白であった。

「お前の話だと、鞍上《あんじょう》にいたことになるが？」

「だから何だというのですか……くすん」

「いや、公式ルールが適用されない闇の競馬とはいえ、騎手とは思わなくて」

てっきり、馬券で稼ごうとしていたものだと思っていた。

実際、そうであったのだろう。だが途中から騎手として稼ぎだしたらしい。

脳移植という禁忌の術を得てこの世で活動している夏子は大概な存在だが、その護衛を務める禰子も、やはり大概な存在であった。

この常識外れのポテンシャルを秘める少女を、いつまで御しきれるだろうか。

そんなことをつい考えてしまう夏子であった。

Ⓚ

その男は、雨の気配と共に現れた。

午後。

空気が湿り気を帯び、空が泣きだしそうになった頃。誰かが慈恩宮《じおんぐう》の戸を叩《たた》いた。

その時、夏子と禰子は将棋を指していた。

玄関まで様子を見に行った禰子が、困惑気味に戻ってくる。

「ご主人様。お客様です」

「客？　誰だ？」

「それが……」

禰子が一枚の名刺を差し出してきた。

見ると、流れるような筆遣いで、変な言葉が書かれている。

『腰弁当《こしべんとう》』

たったそれだけだ。他に何の記載もない。

「見知らぬ男の人でした。追い返しましょうか？」

肩書も何もない名刺。しかもどう考えても偽名なので、怪しさは天井知らず。

夏子は「会う」と言った。即答だった。

当然、禰子が不安げになる。

「相手の氏素性《うじ》が分からぬうちに決めていいのですか？　不安です」

「誰が来たかは知らないが、誰が送って寄こしたかは分かる。森《もり》先生だ」

「森？　森鷗外先生ですか？」

「あの人はいくつもの筆名を持っている。そのうち『腰弁当』は、雑誌『明星』に寄稿する時に好んで使う名だ」

森鷗外が人を寄こしたのは幸いだった。

なにせ鷗外ときたら、このところ全くと言っていいほど姿を現さない。

肺病でも患《わずら》ったのかしらと心配していたところだった。生きているようで安堵《あんど》した。

「禰子、そいつを客間に通してくれ」

「分かりました。ご主人様も準備を整えてくださいい」

「ああ」

今のままだと、夏目漱石としての己が出過ぎている。世間には樋口《ひぐち》夏子として通している身だ。猫を被《かぶ》る必要があった。

夏子は目を瞑《つぶ》り、精神を集中させる。

やがて目を開けてニッコリ笑えば、体に似つかわしい令嬢としての雰囲気が宿る。

「ふふっ、これでいいかしら?」

「完璧です」

禰子から太鼓判を押され、満足する夏子であった。

来訪者は髪の白くなった紳士だった。

コートの襟を立てて、帽子を目深《まぶか》にかぶり、周囲からの視線を遮断するよう努めていた。葉巻の微《かす》かに甘い香りを纏《まと》っている。ここに来る前に一服してきたのだろう。

「青山胤通《あおやまたねみち》です」

客間に通され、ようやく男は自己紹介した。「今は、癌研究會《がんけんきゅうかい》の会長なんかをやっております」

「お初にお目にかかります。樋口夏子と申します」

洗練された仕草で頭を下げる夏子は、青山が曖昧な笑みになっていることに気付く。

「お初にお目にかかります、ですか。いや、確かにその通りです。あなたと会うのは初めてですね、夏目漱石さん」

「……私の正体はご承知ということですね」

夏目漱石が脳移植を受けたことは秘匿すべきはず。

だが、森鷗外はこの青山という男に、夏子の正体を知らせた上で派遣してきた。

——俺の正体を第三者に明らかにしてまで、連絡したい用事があるということか。

青山の来訪にきな臭い気配を感じ取れば、青山が夏子を見つめる。

「自然体で接してください。今からする話を、あなたには集中して聞いてもらいたい」

「分かった」

夏子は令嬢としての外面を消し、秘密結社・幻影《まぼろし》の盾の長《おさ》としての目になる。

「掛けてくれ。話を聞こう」

互いに椅子に座る。

語るにあたり、青山はまずため息を吐《つ》く。

「私と森君の付き合いは深いのです。互いに頼り頼られの仲でした。森君は自尊心の高い男ですが、彼が私に土下座をして頼みごとをしたことが、一度だけありました」

初めて聞く話だったが、夏子には何となく心当たりがついた。

「この体の……樋口一葉《いちよう》の手術のことか」

「はい。どうか樋口さんを助けてほしいと、彼から頼まれました。私は当時の彼女を診察しました。当時の技術では完治は難しかったですが、それでも幾年かの猶予を得ることは可能だと判断していました。しかしながら――」

それ以上を青山は語らず、夏子もその先を求めなかった。

夏子は何が起きたのかを知っていた。何せ、かつての自分が当事者だ。

樋口一葉は延命手術を拒んだのだ。

漱石《そうせき》と森鷗外が説得したが、一葉の心は決まっていた。

彼女はありのままに生きありのままに死ぬ『則天去私』という在り方を見出《みいだ》しており、己の命を自然に委ねながら歌を詠《よ》みつつ逝《い》った。

だが、死の間際《まぎわ》、森鷗外による冷凍処置保存が図られた。

そして『修善寺の大患』やブレインイーターによる凶行などが重なり、こうして一葉の体を漱石が使っている。

「家、新築なさったんですね」

内装を見渡す青山がポツリと呟《つぶや》く。在りし日の情景を、家の中に探す目線だった。

この慈恩宮は、かつて樋口一葉が住んでいた家の跡地に建てたものだ。

樋口一葉が死に、残された家には木曜会の幹部の一人、森田草平《もりたそうへい》が住むことになったが、『修善寺の大患』の後に東京で大水害（明治大水害）が発生し、かつて一葉が住んでいた家も土砂崩れによって倒壊した。

彼女を偲《しの》んだ夏子は、家の跡地に慈恩宮を建てた。どうしてもここがよかった。

夏子に限らず、一葉という存在は未《いま》だに多くの者の心に残り、彼らの人生に影響を与えている。

青山も、彼女の死について思うところがあったのだろう。

しんみりした間が生まれた。

ふと、青山が我に返ったように言う。

「これは失礼。つい感傷に浸ってしまいました。本題に入りましょう」

青山は懐《ふところ》から数枚の紙を取り出す。

「森君が摑《つか》んだ情報によると、最近、某所で新型學天則《がくてんそく》を開発する動きがあります。あなたに依頼したいのは、この情報の調査。ほかならぬ森君直々の依頼です」

紙を手渡され、夏子はまず、一枚目の紙に書かれている文言に注目した。

「大規模災害に対応する医療用學天則？」

「はい。災害で人力では踏破困難になった地形を踏み越え、救助を求める者の元に赴く、多脚式起動學天則『生きた杖《リブドガンド》』――伝染病研究所の地下施設で開発されていると聞き及びます」

生きた人間の脳を取り出して、機械人形に搭載することで起動する人造人間。

それが學天則だ。当然、禁忌の技術である。

昨年末の事件後、技術が拡散した。夏子も拡散に一端の責を覚え、學天則を破壊する秘密結社まで組織したのだが、この學天則はなんというか……切迫感を感じない。

「人命救助のための學天則を、積極的に追い回す必要があるのか？」

見逃すとはいかずとも、前のめりに追い回す必要もないだろう。

そう含ませると、青山は夏子の手元にある紙に視線をやった。

「続きを見てください」

促されるままに紙をめくった。そして、目を見開いた。

「――學天則『トールハンマー』だと？」

「學天則・リブドガンドの持つ裏の顔だといいます。機銃など重火力を隠し持ち、周囲に破壊と死を振りまく悪鬼羅刹。それがこの學天則の本性です。もう一点、その悪鬼羅刹には、とある文豪の脳が搭載されていると記してあります」

夏子は該当部分を探し、絶句した。

血の気を失う夏子に向けて、青山は重々しく頷《うなず》く。

「學天則・トールハンマーの開発者、北里柴三郎《きたさとしばさぶろう》は、學天則の要となる頭脳に英国人作家アーサー・コナン・ドイルを選んだのです。そう、あなたの英国時代の師です」

それを聞いた途端、夏子の脳裏に、悪夢の中で揺蕩《たゆた》っていた脳の情景が蘇《よみがえ》った。

二章　過激探偵愛者《ハイパーシャーロキアン》

アーサー・コナン・ドイルは、英国の作家である。

彼が英字雑誌ストランド・マガジンに連載したシャーロック・ホームズシリーズの人気は留まることを知らず、狂乱ともいうべき熱は海を越え、世界を熱くさせた。

探偵——シャーロック・ホームズは素晴らしいキャラクターであった。

彼の頭脳は無限の叡智《えいち》を蓄える泉であり、彼の体は数々の強烈な戦闘技を生み出す肉の武器庫である。

加えて、逆境でも諦めないタフな精神を持ち、どんな逆境にも動員可能の優秀な仲間の加護もある。

そう、彼は完璧。一言で表すなら「英雄」である。

だが、そんな英雄が死んだ。殺されたのだ。

下手人は、他でもない。創造主であるドイルその人であった。

ホームズは創造主に奉仕した。「シャーロック・ホームズの創造主」としての名声と多額の印税を、ドイルに捧《ささ》げた。

だが、ドイルは次第にホームズを疎《うと》んじるようになった。

ドイルは、自らが筆を執る理由を、栄光ある母国の偉大な歴史を後世に伝えるためであると考えていた。即《すなわ》ち、歴史文学の執筆こそ自身の使命だと考えていた。

彼にとってシャーロック・ホームズとは、口を糊《のり》する一手段に過ぎなかった。

しかし世間はドイルの歴史文学より、シャーロック・ホームズに重きを置く。それが彼には不満だった。

一方、ホームズに対する怖いくらいの熱狂は、次第にドイルの表現の自由を奪い始めた。彼が歴史文学に時間を割くことに、雑誌の株主や世論が反対したのだ。

『歴史なんかより、ホームズを』

そんな声が世間から上がる。ライフワークに「なんか」という言葉の尻尾を足されることに、ドイルは鬱屈した怒りを溜《た》めていた。

その怒りが、彼に筆を執らせた。彼はある作品を仕上げた。

それこそが『最後の事件』――世界的英雄であるシャーロック・ホームズが、スイスのライヘンバッハの滝で宿敵モリアーティ教授と共に命を落とす、事実上のシリーズ終焉《しゅうえん》を告げる作品だった。

『皆様が愛してくれた、忌々《いまいま》しいホームズは死んだ。スイスの滝壺《たきつぼ》の中で！』

『紳士淑女の皆様、もう空想は十分だろう？　もう満足しただろう？』

『実在しない主人公に懸想《けそう》する時は終わった。英国の歴史にその名を刻む、実在の主人公たちを称《たた》える時が来たのである！　そう、我々英国国民は、歴史文学を重んじるべきなのである！』

ドイルは世間に向けて宣言した。

ホームズは死んだと。もう帰ってこないと。

だからホームズなんか忘れて、新作歴史小説『ジェラール准将』を読んでね、と。

これがどのような事態に繋《つな》がるのか、当時の彼は理解していなかった。


シャーロック・ホームズは世界にしっかりと爪痕を残していた。

ホームズの冒険の熱に頭の回路を焼き切られた者は数多《あまた》いる。

彼らはホームズの叡智が供給されているうちは人間としての精神を維持していたが、ホームズの叡智が絶たれると、その精神を危ういものにしていった。

過激探偵愛者《ハイパーシャーロキアン》──推しであるホームズの死によって精神に異常をきたした者は、一般にそう呼称される。

彼らはホームズの叡智に飢えていた。続巻が読みたくてたまらなかった。

かつて中国の思想家である孔子《こうし》は、人と獣との違いを論じる折、「飢えを理由に悪事に手を染めるなら、人とて獣である」と語ったという。

孔子の言葉に倣《なら》うなら、過激探偵愛者《ハイパーシャーロキアン》はまさに獣である。ホームズの叡智に飢え、続刊を読むためならどんな犯罪にも手を染める、人間の皮を被《かぶ》った獣であった。

厄介にも、当時の英国は過激探偵愛者《ハイパーシャーロキアン》を生み出しやすい土壌であった。

ボーア戦争は大英帝国の輝かしい戦歴に泥を塗り、巷《ちまた》には戦争で心に傷を負った軍人崩れが溢《あふ》れている。

ホームズの冒険は、そんな彼らのすさんだ心に柔らかな灯《ひ》をもたらす効果もあったのだが、ドイルは彼らからもホームズを奪い、結果として新たな過激探偵愛者《ハイパーシャーロキアン》を生み出してしまった。

やがて、智《ち》に飢えた過激探偵愛者《ハイパーシャーロキアン》たちは、ドイルを襲撃し始めた。

脅迫、監禁、そして拷問。過激探偵愛者《ハイパーシャーロキアン》たちは手段を選ばなかった。ホームズの続刊を執筆させるためなら、どんな無法も許容される。それが獣の理屈であった。

ドイルは危機に晒《さら》された。

警察による抑止も当てにできなかった。

ロンドン警視庁内にも過激探偵愛者《ハイパーシャーロキアン》が大勢いた。

彼らは「ドイル氏を護《まも》る」と嘯《うそぶ》きつつ、実際にはドイルに接近する機会を虎視眈々《こしたんたん》と狙っていた。人と獣の区別が曖昧になったロンドンは魔窟と化した。

だが、ストランド・マガジン編集部は気骨を見せる。

編集部は簡単には屈さなかった。

作家を守るための方策を探した。

その方策の一つが、護衛の募集である。

ドイルの身と、彼の表現の自由を守る人間を探し募った。

そして、募集に応じた男がいる。

日本人留学生だった。中肉中背、歳《とし》は三十と少し。

彼は夏目金之助《なつめきんのすけ》。

後の世に夏目漱石の名で知られる男である。

当時の漱石《そうせき》は文部省からの命を受け、ロンドン大学に留学していた。年間で一八〇〇円という予算に見守られての留学であったが、物価の高騰と為替相場が漱石に牙を剝《む》いた。

漱石は金に困っていた。

おまけに、慣れぬ英国暮らしで何かと心細かった。

心細さのあまり筆を執り、妻・鏡子《きょうこ》に甘えた手紙も書いてみた。

――あなたが恋しいです。どっかの文豪とは違って、異国の女と懇《ねんご》ろになったりしていません。今も一途《いちず》にあなたを恋い慕っています。

とまぁ、こんな具合だ。

思い返せば、自殺レベルで気恥ずかしい文である。

しかし、顔から火が出そうな手紙を送っても、鏡子からの返事はなかった。

それが漱石をますます不安定にした。

とうとう漱石は競馬に手を出した。

で、負けた。それはもう盛大に負けた。

漱石は無一文になり、英国での留学を成り立たせるための金策は急務であった。

そこに舞い込んできたのが「ドイル氏の護衛募集」の情報である。

危険を伴うが、実入りは大きいと聞いた。

これが、漱石がドイルの護衛に志願するに至った経緯である。

護衛を請け負った漱石は、ドイルの生活に寄り添った。

ちょうど夏子と禰子《ねこ》のような関係性であった。身の回りの世話をしつつ、彼を護衛していた。

『ジュージュブ、おいジュージュブ』

ドイルは漱石をジュージュブと呼ぶ。

ジュージュブとは英語でナツメのことだ。

漱石の顔の輪郭がナツメの実に似ていると、ドイルが言ったからだ。

『ジュージュブ、お前が使っている東洋の格闘技は何と言うんだったか？』

『柔術です』

『ジュージュブ？』

『ジュウジュツ』

『ジュウ……面倒だからジュージュブと覚えておこう。ジュージュブが使う武術だから、ジュージュブ！　うむ、覚えやすい』

『正確に覚える気はないんですか、先生』

当初、漱石はドイルを「先生」と呼んでいた。

しかしドイルはあまりいい顔をしない。

理由を尋ねてみれば「先生」という発音の響きが嫌だからだという。

『私に用があるときは、もっと文学的に呼びかけたまえ』

ある日、そう告げられた。

だからドイルに呼びかけた。

『おお、船長！　我が船長よ！』

使ったのはホイットマンの詩の一節である。

それを聞いたドイルは顔を顰《しか》めた。

アメリカの詩人から引用したことがお気に召さなかったらしい。

が、船長という言葉の響きは気に入ったようで、呼び名は「船長」で落ち着いた。

漱石とドイル。二人は馬が合った。

背負う運命が似ていた点も二人を結びつけた。

ライヘンバッハのホームズと華厳《けごん》の滝《たき》の藤村操《ふじむらみさお》——滝壺の底の民から呪われる宿命を抱えているのは、この世にドイルと漱石だけ。

藤村の死は漱石の帰国後の出来事であるが、この時点で漱石とドイルは、既に響き合うものを感じていた。

『船長、信じられますか？　我が国の文部省のゴミ野郎どもときたら、雀の涙ほどの予算で、俺をロンドンに放り出したんですよ……ヒック……やってられるかチクショー』

『ジュージュブ、もっと飲みたまえ。紳士とはいえ、いいや、紳士を貫き通している身であるからこそ、たまには飲まなきゃやってられない夜もある。ホームズ、あの野郎め……過激探偵愛者《ハイパーシャーロキアン》なんぞ生み出しおって……頼むから滝壺の中でじっとしていてくれ……』

時折二人は、酒の力を借りて愚痴を言い合った。

漱石は酒の味の分かる舌の持ち主ではなかったし、ついでにいえば下戸である。

それでもドイルと飲む酒は少しだけ旨《うま》いと感じられた。

薄暗くじめじめした繋がりであったが、互いの悩みや弱さを打ち明けられるだけの、確かな強度を持った絆のお陰だ。

だからこそ漱石は頑張った。

護衛の合間に色々な学びを授けてくれる船長《ドイル》を師と仰ぎ、彼を守ろうと奮闘した。

そして、頑張りすぎてしまったのだ。

ドイルを巡る状況は悪化の一途を辿《たど》った。

過激探偵愛者《ハイパーシャーロキアン》たちはますます手段を選ばなくなっていた。

智に飢えた獣たちは、一つの学びを得ていた。

ドイルを襲撃しても漱石に迎撃されるのだから、漱石を最初に倒せばいい——そこに気づいてしまったのだ。

人の皮を被った獣たちの敵意が、漱石に一点集中した。

例えば、ティータイム用のスコーンを買いに行く道すがら。

例えば、アパートのドアの前で、鍵を探すためポケットに手を突っ込んだ時。

例えば、見ず知らずの老婆から道を尋ねられた時。

漱石の日常を構成する何気ない時間に、獣たちは襲い掛かってきた。

ティータイムに欠かせないスコーンを売っていた女は過激探偵愛者《ハイパーシャーロキアン》だった。

ポケットに手を突っ込んだところで襲い掛かってきた暴漢も過激探偵愛者《ハイパーシャーロキアン》だった。

道を尋ねてきた老婆も過激探偵愛者《ハイパーシャーロキアン》だった。他にも数多の獣がいた。

漱石はロンドンを舞台に戦い抜いた。獣たちが跋扈《ばっこ》する夜を懸命に生き延びた。

戦いの日々を送る中で、何度も自動拳銃が壊れた。

漱石は自動拳銃を信用しなくなった。リボルバーに頼みを置くようになった。

もちろん、漱石は政府の命令で派遣された留学生。殺人をすれば国際問題になる。

そのことを念頭に不殺主義を貫いた。

リボルバーでの威嚇射撃と柔術による打撃。更にはステッキを用いた杖術《じょうじゅつ》を組み合わせた、全く新しい制圧法（ドイルからは「バリツ」と呼ばれた）で獣たちと戦った。

そのうち漱石は、ロンドン中の人間から監視されているような錯覚に陥った。

その錯覚は、ある意味において現実を正確に捉えたものだった。

ロンドンで師のために戦い続ける漱石は、心の病を得た。

被窃視妄想。

それが診断の結果である。

あらゆる場所に目を感じるのだ。自分を監視する、不躾《ぶしつけ》な目を。

視線に耐えかねて目を閉じ、耳を塞ぎ、外界からの情報を遮断すると、今度は自分の脳の中に、誰かの目が生えてくるような錯覚を生じた。

——自分の頭の中身を監視されている。

そんな妄想に怯《おび》える日々を過ごすうち、意味もなく震えたり、汗が止まらなくなったり、ベッドから出られなくなったりするようになった。

漱石は壊れてしまったのだ。

漱石は日本に帰国することになった。

ドイルが心配して見舞おうとしてくれたが、既にこの頃の漱石は、外界を正確に認識できなくなっている。

ドイルの顔を見ても、自分を襲いに来た敵だと認識するかもしれない。

だから結局、師とは面会しないまま別れ、それっきりとなった。

日本に帰ってきても病状は続いた。

漱石は妻・鏡子や娘も敵だと思い込み、暴力を振るうことがしばしばあった。

一時期、鏡子や娘と別居した。

別居期間中、鏡子に周囲の人々が「あんな夫とは離縁しろ」と勧めていたという。

それでも鏡子は漱石を見捨てず、やがて漱石は彼女の支えを得ながら、どうにか精神の安定を取り戻していった。

漱石はドイルのことを務めて忘れるようにしていた。

ドイルとの思い出は、イギリスでの死闘の記憶と不可分である。

彼の身を案じてはいたものの、忌《い》まわしい記憶によって心の病が悪化すれば、妻や子にまた辛《つら》い思いをさせてしまう。それが怖かった。

しばらくして、ドイルのその後について噂《うわさ》を聞いた。

ドイルはホームズを復活させたという。

どうやら過激探偵愛者《ハイパーシャーロキアン》たちの影響力に抗《あらが》えなくなったらしい。

実はドイルは、ホームズの死を書いた後に、ホームズの物語である『バスカヴィル家の犬』を執筆している。

これは『最後の事件』以前の出来事を描いたものであり、ホームズの復活を明言したものではない。この点に彼のホームズ復活への抵抗が感じられる。

が、ホームズが復活しないことには、過激探偵愛者《ハイパーシャーロキアン》が納得するはずもなく。

やがて出版された『空き家の冒険』のなかで、ホームズは宿敵モリアーティに対して、神秘の武術であるバリツを使い、自身は滝に落ちず生き残っていたと描写された。

こうしてホームズは復活したのだ。

ホームズ復活の報を聞き、漱石はロンドンの思い出と決別することにした。

そのために書いたのが小説『坊《ぼ》っちゃん』である。

――その夜おれと山嵐《やまあらし》はこの不浄な地を離れた。
――船が岸を去れば去るほどいい心持ちがした。
――神戸《こうべ》から東京までは直行で新橋へ着いた時は、ようやく娑婆《しゃば》へ出たような気がした。
――山嵐とはすぐ分れたぎり今日まで逢《あ》う機会がない。

頭の中に思い浮かぶ文を原稿用紙に綴《つづ》っていく。

不浄の地から離れるシーンには力が入った。

表現すればするだけ、心の中に鬱屈していた何かが崩れていく気がした。

ふと、戯《たわむ》れに思い付く。

ラストシーン手前の描写に出てくる「不浄の地」という部分に対して「ロンドン」と文字を当ててみた。

自分としてはしっくりくる文章になった。

だけど編集者である高浜虚子《たかはまきょし》が見た時に「なんでロンドン？」と疑問を呈されることは目に見えていたので、いたずら書きはペンで黒塗りにして消した。

そしていよいよ、物語を締めくくる最後の一行を書く。

ロンドンとの決別の意を込めた物語であるならば、最後の描写もロンドンの情景とは正反対にしたかった。

霧が出て、陽光の加護に乏しい街を思い出す。
ロンドンにいる間はずっと、日向《ひなた》が恋しく感じられたものだ。
そう考えた時、指が勝手に動いていた。
——だから清《きよ》の墓は小日向《こびなた》の養源寺にある。
日向という文字を使って物語を閉じると、スッキリした気分になった。
こうして漱石《そうせき》は『坊っちゃん』を通じて、師との思い出を断ち切った。
少なくとも自分ではそのつもりでいた。
それでもロンドンの記憶は、悪夢となって苛《さいな》んでくる。
結局、過去からは逃げきれないということなのだろう。

Ⓚ

東京・丸山福山町に雨が降っている。
雨音を聞きながら、ランプの灯《とも》る書斎にいる夏子は、長い回想を終えた。
来訪した青山《あおやま》はとっくに用事を終え、帰っている。
彼が残していった不穏な計画書は、夏子の目の前の机に置かれていた。

「船長の脳……」

忘れようと努めていた記憶を引きずり出すたび、心の中に不協和音が響く。

過去に向き合うのは相当な精神力を要した。このまま寝入ってしまいたいくらいだ。

「ご主人様」

書斎の外から、禰子《ねこ》が呼びかけてくる。

「根を詰めて、大丈夫ですか。お休みになりますか？」

「いや、もう少し考えを整理したい。お前は先に休んでいてくれ」

「はい」

禰子からそう返事があったが、書斎の外の気配は消えない。

主人である夏子が起きているのだから自分も起きている。そう考えているようだ。

英国時代の漱石が、ドイル相手にそうしていたように。

ちょっと懐《なつ》かしむような眼《め》になって、我に返る。

今は目の前の案件に集中するべきだ。

「それにしても虚子の奴《やつ》、まさか過激探偵愛者《ハイパーシャーロキアン》たちと繋《つな》がりがあったとは」

夏子は呟《つぶや》いた。

鷗外《おうがい》と繋がっている青山は、夏子にある真実を提供してくれた。

昨年末、夏子は高浜虚子が作り上げた闇の出版社を巡る事件に立ち向かった。

作家たちの脳を水槽に浸して保存。更に電気刺激で脳に直接働きかけることにより、作家たちに無限の創作を強《し》いる施設だった。

虚子が「楽園」と嘯《うそぶ》いていたあの地獄を構成する技術のうち、脳の保管は虚子が独学で為《な》しあげたものである。

だが、もう一つの技術、電気刺激による脳への直接介入については、虚子一人の力で及ぶものではなかった。

実際、虚子も電気刺激による脳への介入に難儀していたようだ。

それは年末の一件のなかで虚子自身が、幾つかの失敗があったと独白している。

技術を完成させたのは英国の過激探偵愛者《ハイパーシャーロキアン》のコミュニティで、虚子は彼らの技術提供を受けたのだという。

おそらく過激探偵愛者《ハイパーシャーロキアン》たちは、拉致したドイルの頭に電極を突き刺し、電気刺激で脳に直接「ホームズを復活させろ」と命じるつもりだったのだろう。

奴らならそれくらいの所業は躊躇《ためら》いなく行う。

夏子は過激探偵愛者《ハイパーシャーロキアン》に対して、絶大なる負の信頼感を寄せていた。

「しかし、どうして船長の脳が日本にあって、しかも學天則《がくてんそく》に搭載されたんだ?」

不気味なのがこの点である。

どうしても、この疑問点の説明がつかないのだ。

どれだけ想像力を逞《たくま》しくしても、仮説の一つも浮かばない。

何かの間違いである可能性も考えた。

けれど、資料に記載のある學天則・リブドガンドの情報の詳細さを見るに、明らかに學天則を知っている者が書いたものだと分かる。

これは學天則を分解し、その中身まで見たことがある人間が書いたものだと結論付けられた。

「そして、この筆致……」

夏子は資料を手に、妙な胸騒ぎを覚えている。

この資料の文章からは、書き手の激情のようなものを感じるのだ。

闇の出版社を巡る事件の折、偽物《にせもの》の夏目《なつめ》漱石こと文豪・小泉《こいずみ》八雲《やくも》が書いた檄文《げきぶん》。

あれに触れた時と似たような感覚がある。

資料を形作る文章の一つ一つから、強烈な気配が漂ってきている。

ただの悪戯《いたずら》なら、こんな文章は出力できないはずだ。

「調べるしかない、か」

夏子はそう結論付けた。

不確定要素が多い。本当は行きたくない。

けれどドイルの名前がそこにあるからには、自分が行くべきだと思える。

ドイルの名の導きに従い、この案件を調査するのだ。

Ⓚ

翌日。

禰子にダムダム弾を十ケースほど発注するように命じた。万が一を考えてのことだ。

禰子が青ざめた。

「じゅ、十ケース？　ダムダム弾を？」

「そうだ」

「北里柴三郎《きたさとしばさぶろう》さんというお方相手に、戦争でもするおつもりですか？」

人間一人を相手にするには過剰な準備だと、禰子は言いたげだ。

けれども夏子は首を横に振る。

「俺も北里柴三郎という御仁について、多少しか知らん。会ったこともない。だが、彼に最大限の警戒を払うべきだということは分かる」

「どうしてです？」

「北里柴三郎が、野口英世《のぐちひでよ》――ラトルスネークの師だからだ」

「……!?」

禰子が微《かす》かに呻《うめ》いた。

ラトルスネークこと野口英世は、金のために倫理を捨てた医者である。

一応、医者としての腕は確かだ。

夏子の脳移植の施術も彼の手によるものである。

だが彼の手は血と硝煙の臭いが染《し》みついており、その業は世界中の海水を用いたとしても、洗い流すことはできないほど。

本人も今更日向の道を歩こうとは考えていないようで。リボルバーを片手に闇の世界を闊歩《かっぽ》している。

彼は樋口一葉《ひぐちいちよう》の作品のファンであり、一葉の想《おも》い人であった漱石（夏子）とは、利益度外視の付き合いをしている。

それでも、人間としての基本的なスタンスは「闇」そのものであった。

そんな彼はやたらと荒事に長《た》けている。

その技能の一部を、彼は禰子に叩《たた》き込んでいた。禰子にとっては戦闘の師である。

「今度の相手は、外道師匠の更に師匠ということですか？」

「そうだ」

「つまり、外道の上位存在……超外道ということですね？」

「それはまだ分からん」

そう、分からない。

北里柴三郎という人物について、夏子が知ることは多くない。

青山も北里については多くを語らなかった。彼の口は重かった。

それでも、彼がものすごく偉い医者であること。

そして、彼が背負う呼び名の数々は、夏子も耳にしている。

「名は世界にも知れ渡っている。世間では『雷神《ドンネル》』の異名が知られているが、英国では『稲妻起る宵《サンダーボルト》』と呼ばれていた。他、『天使の灰燼《エンジェルダスト》』『東亜仙人《とうあせんにん》』『人間無骨《にんげんむこつ》』……」

「その人、本当にお医者様なんですか？」

並ぶ異名が大概なので、禰子が目を丸くしている。

「ああ、医者だ。歴史書にその名を刻むことが約束されているほどの偉人だという」

「とんでもない人だというのは伝わってきました」

彼女の顔には気後れの情がある。

「えっと、そんな人相手にダムダム弾だけで足ります？　もっと強力な武器……小銃榴弾《ライフルグレネード》とかが必要ではありませんか？」

「そんな武器、用意されても絶対に使わんからな」

『修善寺の大患』で使われた武器など、怖くて触れたくない。

闇の出版社の事件では小銃榴弾《ライフルグレネード》に助けられもしたが、それとこれとは別だ。

「あとは銀の弾丸とか、心臓に打ち込む杭《くい》とかも用意した方がいいですね」

「お前、北里柴三郎を何だと考えている？」

「外道師匠の生命力は蛇並みでした。その更に師匠であった人物が相手というなら、銃弾で殺せない化け物であることも想定するべきです」

「敵を見誤るな」

夏子の声音に厳しさが混じる。

「相手は異形の悪鬼というわけではない。俺たちと同じ、人間だ。だからこそ怖いんだ。限りある寿命のなか、自分が世の中に何を残せるか——その命題に真摯に向き合う人間がどれほど強いか。そして、どれほど恐ろしいか。俺たちは年末に、その答えに触れていたはずだ」

夏子は顔を歪《ゆが》めて、吐き捨てる。

「不死身の吸血鬼と、高浜虚子《たかはまきょし》。どちらかと戦えと言われたら、俺なら前者を選択する。善意でガンギマリの人間は何をしてくるか分からんし、化け物相手の方が楽だ」

実感の籠りすぎているこの発言に、禰子も思うところがあったのだろう。

分かりましたと言い、そのまま落ち着いたようだった。

「任務を確認する」

仕切りなおすように夏子は言う。

「準備が整い次第、伝染病研究所の地下に潜入する。目的は學天則・リブドガンドが実在するのかの調査。仮にその存在が認められた場合、内蔵されている脳を奪還し供養《くよう》する」

そこまで口にして、夏子は禰子に目線で尋ねる——確認したいことはあるか？

すると禰子が提案する。

「外道師匠にも知らせた方がいいですかね？　一応は『幻影の盾』の一員ですし」

「あいつはどこにいるか分からんし、連絡も取れん」

まぁ、金の亡者《もうじゃ》の彼のことだ。

きっとどこかで金を荒稼ぎしているのだろう。

「それとご主人様。北里というお方にはどのような対応を？」

「接触は極力回避する。相手に気付かれることなく調査を終えるのが最良だ」

「承知しました」

禰子《ねこ》の表情のこわばりが少しだけ緩む。

強攻策一辺倒でないと分かって安心したようだ。

Ⓚ

東京・芝区白金台にレンガ造りの建物がある。

周囲には長寿を意味する松の木が植えられたこの建物こそ、伝染病研究所。

北里柴三郎が所長を務める、日本国の疫病研究の最前線であった。

夕刻になると、職員が深夜番と交代する。

そのタイミングが潜入の好機だった。

建物内を、白い看護服を着た二人が歩く。

夏子と禰子だ。事前に建物の地図を読み込んでいたので足運びは軽い。

ちなみに看護服は自前のものだ。

夏子は漱石《そうせき》時代に英国で、禰子は夏目家の女中として、ともに裁縫の経験がある。高いクオリティを追求しないでいいなら、「一見すれば看護服」程度のものは容易《たやす》く縫えるのだ。

「禰子、堂々としろ」

緊張からか俯《うつむ》きがちな禰子に、夏子が小声で言う。

「まっすぐ前を向け。怪しまれるぞ」

「はい」

二人は施設内を進む。

廊下で職員と出会うたびに会釈《えしゃく》をした。

職員たちも忙しいようで、夏子と禰子の美貌には目もくれず、申し訳程度の会釈をして通り過ぎていく。

目的地は施設西側にある、廊下の突き当たり。

青山《あおやま》から事前に知らされていた情報によれば、そこに地下空間への入り口がある。

「ご主人様、あれです」

向かう先に扉が見えた。

周囲を確かめ、人がいないことを確認した二人は扉に駆け寄る。

だが。

「やはり、鍵がかかっているか」

「そう上手《うま》くはいきませんね」

簡単な鍵なら、夏子のピッキングで開錠できる。

けれども地下への入り口を閉ざす扉の鍵は、ただの鍵ではない。

ドアには窪《くぼ》みがあり、これと形状が合致するものを嵌《は》めこむ必要がある。

「禰子、所長室に向かうぞ」

「うう、緊張してきました」

鍵がかかっていた場合の対処法についても、青山から仕入れている。

どうやらこの扉の窪みに、所長室にあるという鷲《わし》のエンブレムが対応するらしい。

青山は施設の設計に詳しかった。

理由を尋ねてみたところ『かつて香港《ホンコン》にケネディィタウン病院という施設があり、この研究所はケネディィタウン病院の設計を模倣している。だから施設内の仕掛けについても、ある程度把握できている』とのことである。

施設の設計者は相当な好事家《こうずか》で、様々な仕掛けがあるという。

青山が「壁の絵を特定の順番で並べると入れる部屋」の話をし始めた時には、流石《さすが》に嘘《うそ》だろうと思った。

けれど、今のところ青山からの前情報は全て正確である。

だから鷲のエンブレム云々《うんぬん》についても信憑《しんぴょう》性がある。

問題は、場所が所長室であるということ。

施設の主、北里柴三郎《きたさとしばさぶろう》がいる可能性もある。見つかったら危険だ。

緊張感を共有しながら、二人は所長室の扉の前にたどり着く。

軽くノックする。返事はない。

「失礼します」

小声で呟《つぶや》き、入室。

室内に北里がいたら、部屋の掃除をしに来たと言ってごまかす算段だ。

しかし――

「留守か」

部屋には誰もいなかった。

そして目当てのエンブレムは、豪奢《ごうしゃ》な調度品のなか、まあまあ目立つ場所に飾られている。侵入者に対して親切な配置である。

驚くほどあっさりと、目当てのものを手に入れてしまった。

地下への扉に戻り、鍵を開けてもなお、妨害らしいものはない。
「驚くほど順調ですね」
「たまにはこういう日があってもいいだろう」
この分だと、銃の出番はないかもしれない。
そうであればどんなに素敵なことか。
このまま平穏無事にいきますようにと願いつつ、二人は地下に続く階段を下りる。
階段を下りた先に、広い空間がある。
地下には冷温室や機械室などの設備があり、各部屋に続くエントランスになっている。
そのエントランスは真っ暗だった。
そして、地下に下りた二人が光源のマッチを擦ろうとした時のことだった。
バチン！　バチン！　バチン！
地下空間の天井から下がっていたアーク灯が、順序良く点灯していく。
光は部屋から闇を奪い去り、その部屋で待機していた存在の姿を露《あら》わにした。

彼は、二人に背を向けた状態で立っている。

白髪混じりの頭には人生の年季が感じられ、肩はがっちりと張っている。

背中は大きい。

何か、とてつもなく大きなものを背負って今日まで歩んできたかのような、彼の人生を感じさせる背中であった。

「フン、ようやくやってきたか」

背を向けたまま、彼は夏子たちに呼びかけてくる。

独特の重みを持つ声が、地下空間に反響する。

「ワシを裁きに来たのだろう？　だが、ワシから言わせれば、裁かれるべきは貴様だ」

裁かれるべき。

そう告げられて、夏子は怯《ひる》む。

予想してない一言だった。

相手は、自分の何を裁こうというのか。

確かに夏目《なつめ》漱石として業の深い生き方をしてきた自覚はある。

大勢の人間を巻き込んでしまった責は感じているし、小銃榴弾《ライフルグレネード》を受けても仕方のない立場であることも承知だ。

それでも、おそらく初対面であるこの男と、裁き裁かれる関係になる心当たりは皆無であった。

「ここはワシと貴様、互いにとっての法廷だ。そしてどちらかにとっての処刑台となるだろう。それを覚悟で、ここに来たらしいな。伝わってくるぞ、貴様の覚悟が」

覚悟、覚悟などあるはずもない。

夏子の胸裏を満たすのは困惑のみである。覚悟なんてない。

相手から放たれる威圧感に気圧《けお》されて声が出ない。傍《かたわ》らの禰子も同様らしい。

けれど本当は叫びたいのだ。

——何の話です⁉ と。

自由にならない喉が恨めしい。

そして、背を向けたままに自分たちを金縛りにするほどの威圧感を放つ相手が、末恐ろしく感じられた。

「無言か。ククク、もはや言葉ではなく拳で語る場面と言いたいのだろう？ 背中に強く感じるぞ。貴様の殺気を。絶対にワシを殺すという気迫を。だが、貴様も感じておるはずだ。貴様の殺意と同じ、いや……それ以上に磨き上げた、ワシの殺意を」

是非もなし、と男は呟く。

「積もりに積もった因縁も、ここで総決算だ。生き残った方が、この国を担《にな》うべき存在である。さぁ、このワシ……北里柴三郎の奥義《おうぎ》、身をもって味わうがいい！」

裂帛《れっぱく》の気合が迸《ほとばし》る。

男——北里柴三郎が振り返る。

顔立ちはふくよかだ。

でっぷりと出ている腹といい、太い腕と脚といい、体中のあらゆるパーツが自己主張してくる。仮に顔におしろいを塗り、目元に隈取《くまどり》を入れて、口元に紅を引いたのならば、サーカスの道化が出来上がるだろう。

だが、彼が放つ気迫は、道化とは程遠いもの。

顔の大きさの割には小さな眼《め》。その眼に宿る眼光は猛禽《もうきん》染みている。

夏子たちに向けて放たれた闘志は、戦闘において練熟しているはずの夏子に「逃げたい」と強く思わせる濃度。

過去、夏子が戦った誰よりも、個人としての戦闘能力が突出している。

戦いを始める前から、その事実を強く認識させられた。

こいつは手強《てごわ》すぎる。

そして、北里が。

ここでようやく、背後にいたのが夏子たちであったことに気付いたらしい。

「…………？」

夏子と禰子《ねこ》の姿を認識し、彼が眦《まなじり》を見開く。

「何でここにおる？　あ、いや……」

男はエホンと咳払《せきばら》いし、小さな目を細めて笑う。

「ホッホッホ。道に迷ったかね？」

どうやらこれが、普段の彼の外面らしい。

なるほど。こうしてみると、人当たりの良いただの巨漢である。

「いえ、その、そうなのです……」

夏子は愛想笑《あいそわら》いを浮かべる。

「私たちは新入りの者でして、まだ不慣れでここに迷い込んだところなのです」

「そうかね、そうかね。それは大変だね」

「ええ、ここの建物は大きくて、困ってしまいますわ」

「ホッホッホ」

「うふふふ」

互いに探り合うように笑う。

やがて、北里がため息を場に落とし、顔から感情を消す。

「……互いに偽るのはもう無意味ではないか、夏目漱石《そうせき》」

ピシャリと。

北里は、夏子にとって最大の秘密を口にした。

「ッ⁉」

予想外の発言は、夏子から次の言葉を奪い去る。

呆然《ぼうぜん》とする夏子と禰子を、北里はジロリと睨《にら》む。

「貴様のことなど、脳移植のことも含めてとっくに知っておるわ」

北里の鋭い視線は、夏子の内面を透過するよう。

特に夏子の頭に視線が向いた時、夏子は居心地の悪さを感じた。

他人の頭蓋骨の中に居座る脳を、見咎《みとが》めるかのような目線だった。

「フン、バカ弟子め。相変わらず技術は達者な奴《やつ》よ。見たところ、神経系は完璧に繋《つな》いだようだな」

彼の唇が皮肉げに歪《ゆが》む。

夏子の頭の中に、弟子である英世《ひでよ》の気配を見たらしい。

「そこまで完璧に施術するからには、実験台が必要だったはず。一般の闇医者なら、その域に至るまでは百回以上の試行を要するだろうが、あのバカ弟子なら五回程度か」

　診察が完璧すぎて気持ち悪い。

　何で分かるんだよと言いたくなる。

「脳移植など、とんでもないことよ」

　どう考えてもまともでない男は、語るにあたり至極まともな前提をまず置いた。

「そんな技術が明るみに出れば、世界は混乱するだろう。永遠の命を求めるあまり、若い肉体を金で買おうとする者も出てくる。命とは、金で買えない崇高なものでなければならんのよ。だからこそワシは許せん。脳移植に手を染める奴も、脳移植で蘇《よみがえ》った命も。貴様のことも許さんぞ、夏目漱石」

「…………っ」

　許されない命だと告げられ、夏子は身構える。

　けれども北里は襲い掛かってこなかった。

　彼は腕組みをして、眉間にしわを寄せ場に佇《たたず》んでいる。

「だがな、正直、貴様は後回しだった。ワシにはもっと積極的に裁くべき相手がいる」

　北里は不機嫌そうだ。

「そいつと戦うつもりだったというのに、振り返ったら何故《なぜ》か貴様らがいるこの状況！

はっきり言うが、不満である！」

「そんなことを言われても……」

夏子の言いたいことを禰子が代言する。

それが相手の癇《かん》に障《さわ》ったらしい。

北里の額に青筋が浮かぶ。

「大体、貴様らだって途中から、ワシの発言と状況が噛《か》み合っていないことに気付いていたはず！」

もちろん気付いていた。

が、指摘するタイミングに恵まれなかったのだ。

「過《あやま》ちに気付いたのなら、黙って見ておらず、正すことが人の道ではないのか！」

「いや、それは……」

「闇の中で精神集中を行い、戦いに相応《ふさわ》しい空気感を演出していたワシを、一体貴様らはどんな顔で見ていた？　覚悟が伝わってくるとか、殺気を感じるだとか……色々と言ってしまったが、そんなワシを貴様らはバカにしていたか？　だとしたら不人情な奴らよ！」

不人情。

その言葉は、ひどく夏子の内面に不協和音を生じさせるものだった。

不人情という言葉は夏子の人生を色々と縛り付けてきた。

年月経ってなお鋭く人を傷つける、まるで枯れ野薔薇《のばら》の棘《とげ》のような言葉だった。

その言葉を口に出された今、たとえ目上の相手だろうと、敬語を使う必要もない。

夏子はそう判断した。

「黙って聞いていれば、べらべらと！」

夏子は口調を変える。

「全てはそちらが勝手に自爆しただけのこと。他人の責を問う前に、己の責と向き合ってもらう。わが師、アーサー・コナン・ドイルの脳を返せ！」

「アーサー・コナン・ドイル？」

北里がますます気難しい表情になる。

「ホームズシリーズの、あの作家のことか？　何で彼の名が出てくる？」

「この施設で開発されているという學天則《がくてんそく》・トールハンマー。その中に師の脳が搭載されていると情報があった」

「心当たりがあるのは、前半部だけだ。後半部は知らんわ」

「何だと？」

夏子は彼の言葉の真贋《しんがん》を探る。

確かに、目の前に佇む男の視線はまっすぐで、後ろめたさの情がない。

少なくともドイルにかかる部分について、彼からは無実の気配がする。

「ん？　いや、待て」

ふと。

北里が思案気になった。

そのまま顎に手を当て、何やらウムウムと思索している。

「……ああ、なるほど。そういうことか」

彼はポンと手を打った。

「読めてきたぞ。そうか、ワシの推理が正しければ、この状況も説明がつく」

北里はひとりで納得している。

「ククク……あいつも本気というわけか。今まで以上に手段を選ばなくなったわ。ならばワシも、奴の企てに応じてやるわい」

彼の含み笑いに、夏子は嫌な予感を覚えた。

北里が何に納得しているのか、夏子たちにはまだ分からない。

けれど旗色が良くないことは承知だ。

最大限に注意すべき相手である北里に見つかったこの状況。

更に北里は、なぜか戦闘の気構えを整えた状態で待ち構えていた。

このままぶつかるのは不利だ。

撤退こそ最善手。そう思える。

幸い、出口となる階段は夏子たちのすぐ後ろ。

全速力で駆け上がれば逃げ切れるだろう。

(禰子、隙を見て離脱するぞ)

小声で禰子に告げる。

禰子も目線で了承の意を返してくれる。

離脱するためのタイミングを求め、夏子と禰子は彼の一挙手一投足に目を凝らす。

「……それにしても、最近は歳《とし》を感じる」

北里がポツリと言う。

「過去のことは情景鮮やかに思い出せるのに、最近のことが思い出せなくなる。つい先日会ったはずのあの娘、名前は何と言ったか――」

虚空《こくう》を見つめ、北里が何かを思い出そうとしている。

好機到来。夏子と禰子は踵《きびす》を返す。

看護服を脱ぎ捨て、その下に着込んでいた普段の服を露にし、離脱を試みた。

完璧なタイミングであった。

「――秋根沢《あきねざわ》家の澄子《すみこ》嬢だったか」

北里の言葉が、夏子と禰子の足を止めさせた。

二人は青ざめつつ振り返る。

「どうしてその名を」

夏子が問う声には、余裕がない。

北里は、夏子の焦《あせ》る様子を見て不敵に笑う。

彼は追撃だと言わんばかりに、人名を重ねてくる。

「波多《はた》家の花子《はなこ》嬢、宇多川《うだがわ》家のトシ子《こ》嬢、丹羽《にわ》家は確か、八千代《やちよ》嬢だったか」

他にも、次々と。

夏子と禰子にとって馴染《なじ》んだ人名が並べられていく。

「答えろ！　北里柴三郎《きたさとしばさぶろう》！　なぜお前が、神田高等女学校の卒業生の名を挙げる⁉」

夏子が詰問《きつもん》すれば、相手は大きく手を広げる。

「その質問に答える前に、まず、ワシから尋ねさせてもらおう。貴様ら、この研究所の中は見ただろう？　設備も、人材も、全てが一流だ」

「だから何だ？」

「この施設の維持には、金がかかるのだよ」

至極ごもっともな発言である。

「では、その金をどうやって工面する？　この研究所はワシの私設だ。国家の援助は期待できん。そもそも、ワシは帝国大学と政治闘争をしておるからな。官僚はみな帝国大学卒で、ワシの足を引っ張ろうとしてくる」

感染症の脅威と戦うこの施設は、国に頼らぬ独立経営だという。

その経営を担《にな》うのも北里の役目だという。

ならば北里は、どのように金を得ている？

「寄付金……？」

禰子《ねこ》がポツリと言う。

声音が弱いのは、自信のなさの表れだ。

それでも北里にとっては満足のいく答えだったようだ。

禰子の微《かす》かな呟《つぶや》きを、北里はしっかり拾った。

「その通り！　寄付だ！　この研究所は、福澤諭吉翁《ふくざわゆきちおう》をはじめとした数多《あまた》の篤志家、そして貴族からの寄付で成り立ってきた！　そしてワシは、寄付金を得るために、ある活動を行っておる。ワシの活動、貴様に想像がつくか？」

「寄付で成り立つ施設……」

まるで神田高等女学校と同じじゃないか。夏子はそう思った。

神田高等女学校。夏子が八月まで勤めていた学校だ。

かつて、貴族のニーズに完璧に応じていた学校である。

貴族が求めるものは家名の安泰。

そして、政略結婚は家名の維持向上にうってつけの策である。

神田高等女学校は、政略結婚に適した女を育てるために、子女たちの学びの芽を丁寧に摘み取っていた。

はねっかえりも、おきゃん娘も。

煉瓦《れんが》塀で囲まれた神田高等女学校に入学したら最後、夫の言うことを全て聞く、没個性的な令嬢として転生させられてしまうのだ。

教師として就任した夏子の改革によって、今は自由な学びを重んじる方針に舵《かじ》を切っている。

が、神田高等女学校が生まれ変わったとしても、政略結婚という貴族の文化が消滅したわけではない。

今も、昔も。政略結婚は貴族社会の重要なカードとして、存在感を示し続けている。

「まさか」

夏子は、とある可能性に行き着いた。

北里は首肯する。

「気付いたようだな。貴族社会において、家と家との結びつきを深める結婚こそ神聖なる儀礼！　そして、その儀礼において重要かつ不可欠な存在――それが仲人《なこうど》！　婚儀を成功に導いた仲人は両家からの絶大なる尊崇《そんすう》の念を受け、成婚率の高い仲人ならば神のごとく崇《あが》められる！　寄付金集めも、思いのまま！」

「ならば、お前！」

いかにも！　と。

北里の声の張りがより強くなる。

「成婚率一五〇パーセントを誇る、史上最高にして究極の仲人！　それがこのワシ、北里柴三郎よ！」

「せ、成婚率一五〇パーセント⁉」

「史上最高にして、究極の仲人⁉」

相手の名乗りの凄《すさ》まじさに、夏子と禰子が慄《おのの》く。

成婚率一五〇パーセントとは、通常の仲人ではありえない。

無関係なのに巻き込まれた者たちが多かったことを窺《うかが》わせる、業の深い記録だった。

「最近は仲人業も忙しい……」

北里が声のトーンを下げる。

「何せ、政略結婚のための重要な存在であった神田高等女学校が、方針転換してしまったからな。政略結婚のために娘を入学させた貴族たちが慌てて、ワシに依頼を出してくる。娘をすぐにでも結婚させてほしいと。そのためには幾らでも払うから、と」

「待ってください」

禰子が震えた声で問う。

「じゃあさっき、皆の名前を出していたのは……」

「その通りよ」

北里は挑発的な笑みを浮かべる。

そして言うのだ。

「八月に卒業した女学生は全てワシが結婚させてやったわ。今頃全員が、旦那としっぽりやっていることだろうよ」

瞬間、夏子の中から「撤退」の二文字が消えた。

北里に向き直る。

目に怒りの情を籠め、視線で敵意を送る。

「俺が送り出した教え子たちの中には――」

激情をこらえるかのように、食いしばった歯の隙間から声を出す。

「――親に定められた結婚という名のレールを行かず、我が道を見つけ出そうとしていた者たちもいた。そいつらまで無理やり結婚させたというのか」

「いかにも」

応じる北里はこともなげだ。

それからふと、思い出したように付け加える。

「とはいえ、全員が幸せそうであった」

「それはお前の主観だろう！」

「いや、『脳内物質による多幸感の会得《えとく》』のことを幸せと定義するのであれば、確実に皆が幸せであったはずだ。何せ、そうなるように調整したからな」

その言葉に、首筋が寒くなる。

先だっての悪夢の中で、高浜虚子《たかはまきょし》に背後を取られた感覚によく似ていた。

調整。

およそ人間に使うべき言葉ではない。

けれども夏子は高浜虚子の所業を知っている。

だから北里の言葉の意味も分かる。

「お前、彼女たちの頭に何かしたのか……っ！」

「ククク、學天則《がくてんそく》を知っている者は、理解も早い」

北里は自分の頭を指で指し示す。

「脳への適切な電気刺激、そして反復学習——これらを組み合わせることによって、結婚への使命感と快楽を刷り込むことができる。どんな人間も、結婚に焦がれるようになる。抵抗する者も数多いたが、最後は皆がワシに膝を屈し、そのまま幸せになっていったぞ」

危険人物め！

北里の所業を聞いて、夏子は心の中で吐き捨てた。

夏子たちがいる伝染病研究所には、危険な病原菌がいくつも保管されているはず。

だが、北里柴三郎という男の危険度は、どの病原菌をも凌駕《りょうが》することだろう。

「分かるか？　ワシが本気を出せば、誰一人として独身を貫くことは能《あた》わぬのよ」

バチィッ！

北里の体に紫電が弾《はじ》ける。

何かの見間違いかと思ったが、続けて二度、三度と、北里の周囲を紫電が巡った。

度し難《がた》いことに、北里は帯電していた。

まるで神話の世界の住人のように、電撃を纏《まと》う彼は、不遜なままに場に在る。

「しかし一点、訂正せねばならんな」

北里は言う。

「先ほど、神田高等女学校の卒業生たちを全て結婚させたと言ったが、実は一人だけ結婚させていない者がいる。蒔《ま》田内《だない》とかいう女学生だ」

「わ、私？」

禰子が頓狂な声を上げた。

「そうか、お前か」

北里の眼《め》が、猛禽《もうきん》のように鋭くなる。

「蒔田内禰子。卒業してすぐに行方をくらました、謎の女学生。その正体は、夏目《なつめ》漱石の相棒であったか」

「相棒⁉　私が、ご主人様の⁉」

強大な敵と相対している最中であるというのに、禰子の声には喜色が混じっている気がする。

「わ、私なんかが相棒に間違えられちゃうなんて。な、なんだか面映《おもは》ゆい……」

「相棒という名の強い絆《きずな》を持つ二人なら、結婚させなければならんな！」

「え？」

「神田高等女学校の卒業生全てを結婚させる意気込みでいたのに、一人取りこぼしていたことを残念に思っていたところ、貴様が都合よくやってきてくれた！」

彼が禰子に向ける目には執着が宿っている。

絶対に逃がさない——その気迫が透ける眼差《まなざ》しだ。

「宿敵と戦う心構えを終えた折に、背後に貴様らがいたことを不満としていた。しかし、貴様が蒔田内禰子であるというのなら、むしろ喜ばしい出会いよ！」

バチバチバチィッ！

北里の体を、またも紫電が舞う。

彼の異名『雷神《ドンネル》』とは、ただの修辞ではなく、彼の実態の一部を的確に表現したものであることが理解できた。

そんな雷神《ドンネル》は、夏子たちにガンギマリな目線を向けてくる。

「見える、見えるぞ……並び立つ貴様ら二人の間に結ばれた、絆の糸が。どうやら二人で艱難辛苦《かんなんしんく》を乗り越えたらしいな？　そうでなければ説明がつかぬほどに、糸は緋色《あか》く、強く、美しく、貴様ら二人を結び付けておる！　これは結婚させるしかなかろう！」

「結婚って……ちょ、ちょっと待ってください！」

禰子《ねこ》が真っ赤になって反論する。

「そんなの無理です！　私たち、今は女同士です！」

禰子の反論は、明治という時世において常識的なものだった。

ところが相手ときたら、常識などどこ吹く風だ。

「男同士だろうが、女同士だろうが、結婚させてこその『究極の仲人』！　ワシを凡庸な仲人と一緒にするでないわ！　同性同士の成婚率も十割超えよ！」

「――もういい」

熱された北里の言葉とは対照的に、夏子の声は冷ややかだった。

夏子はそのまま銃を抜く。

その照準は、まっすぐに北里へと定められた。

「お前の常識外れの活動についての是非も、問うつもりはない。そんなことはどうだっていいのさ。學天則の開発の疑いすら、今となっては些事《さじ》だ。俺にとって重要なのはただ一点。お前が、神田高等女学校の卒業生たちから、人生を自分で決める機会を奪った。その一点だ」

その一点は、夏子が銃を抜くのに十分な理由となる。

自分が自由であるために、他者の自由を尊重する『個人主義』。

そして、個人主義を旗印に集った作家たちの自由の砦《とりで》こそ木曜会であった。

かつて木曜会の司令官であった身にとって、女生徒から自由を奪った北里の行為は、看過し難いものである。

「撃つ気か？」

銃口に睨《にら》まれても、北里は笑みを浮かべたままだ。

「面白い。ワシは逃げも隠れもせん。撃ってみるがいい。貴様の発砲を以《もっ》て、戦闘開始の合図と――」

発砲。

銃声が地下空間に重く響く。

カァン！

硬質な音が響く。

北里が着衣の右袖から緋色《ひいろ》の板のようなものを引きずり出し、それを盾として弾を防いだのだ。

「！」

恐るべき反射神経に、驚くしかない。

相手は齢《よわい》六十程度。人生もそろそろ黄昏《たそがれ》時という時分のはず。

それなのにその動きとは恐れ入る。

相手の力量は圧倒的だ。

「フン、様子見のゴム弾か。実弾は持っているであろうに、舐《な》めた真似《まね》を」

夏子の不殺主義の象徴である銃弾は、北里の興を削《そ》いだらしい。

北里は「つまらん」と評価を下す。

不思議なことに、先ほど袖から出てゴム弾を防いだ板のようなものが、袖からくたんと垂れ下がっている。

ゴム弾とはいえ中々の衝撃であったはず。それを防ぐということは、確かな硬度を有していただろう。が、今はただの布だ。

「敵味方を問わず命を大切にする姿勢には、一定の理解を示せなくもない。が、ワシ相手に不殺など思い上がりも甚だしい。そもそも貴様がワシを全力で殺そうとしても、ワシとこの装備——『緋色の研究《スカーレットワークス》』は攻略できんわ！」

「スカーレット……ワークス？」

「どのようなものか知りたいか？　よかろう、効果のほどは己の身をもって知れ！」

次の瞬間、北里の攻勢が始まる。

だらりとぶら下がっていた布が、急に真っすぐ伸びる。

そのまま北里が大きく右腕を振ると、伸びた布は横薙《な》ぎの軌道で夏子たちに襲い掛かってきた。

二人はしゃがんで回避する。頭上に風切り音。

明らかに「剣」としての鋭さと素早さを持った攻撃であった。

「まだまだァ！」

北里が二度、三度と腕を振るう。

その動きに合わせて袖元から伸びる物質は、ある時は夏子たちの身を削ろうとする剣として、またある時は夏子たちの四肢を搦《から》めとろうとする鞭《むち》として、変化に変化を重ねながら夏子たちをいたぶる。

——なんだ、あの武装は⁉

相手の武装は変幻自在だ。

ゴム弾を撃とうとも、硬質化した緋色の物質で弾かれる。

その直後には反撃が飛んでくるので、攻撃が単発で終わってしまう。

気付けば戦いの場は緋色の武装に支配されていた。

「ご主人様っ！」

ナイフを手にする禰子から、連携を求める呼びかけがあった。

呼応し、緋色の攻撃を掻《か》い潜《くぐ》り、両者は別方向から北里へ攻めかかる。

夏子の担当は左方向。北里の右腕側だ。

彼の袖口から伸びる緋色の長い物質。それそのものに対処はできなくても、それを操る右腕を折れば勝機はある。

また、夏子が激しい攻撃に打ち据えられたとしても、反対側から禰子が攻撃できる。

どちらか一方が倒れても、もう片方が確実に相手を倒せる。

そう考えての棋譜だ。自分たちが今打てる、唯一の勝ち筋——

「——などと思っているのか？」

夏子たちの読みを看破し、北里が嗤《わら》う。不敵に、不遜に。

「この大たわけどもがァ！」

場に展開していた緋色の物質が素早く収縮し、北里の右袖内に収まる。

そして、両側から接近する夏子と禰子に向け、彼がそれぞれ両手を吐き出せば、左右の袖口から、細い緋色の糸が大量に噴出してくる。

一瞬、頭に過るのは、正岡子規《まさおかしき》や寺田寅彦《てらだとらひこ》と一緒に行った寄席《よせ》の記憶。

そこで手品師や若手の歌舞伎役者が披露していた手品。確か、蜘蛛《くも》の化生《けしょう》が使う怪しげな技を表現したものだというが――あれとそっくりの技であった。

投網《とあみ》のように広がる糸に、突っ込む形になってしまう夏子と禰子。

緋色の蜘蛛の糸は体のあちこちに絡みついてくる。柔らかく、捉えどころに欠ける糸なので、無理に振りほどこうとするとますます絡みが酷《ひど》くなる。

「ここからが緋色の研究《スカーレットワークス》の神髄よ！」

北里が、両袖から飛び出ている糸の束を両手で握る。

すると、夏子たちに絡みついている糸が鋼のように硬くなり、夏子たちの身柄を拘束した。

「!?」

理解を超えた現象を体験し、流石《さすが》に夏子も顔色を失う。

――この物質は一体なんだ？

剛でもあり、柔でもある細い物質。

該当するのは干瓢《かんぴょう》くらいだが、剛と柔をいったりきたりするような干瓢がただの干瓢であるはずがない。現世の理《ことわり》を超えた、魔界の干瓢と呼ぶべき代物である。

ふと、中国の故事に通じた夏子の頭に、とある名が浮かんだ。

——月下老人。

中国の縁結びの神である。

緋色に染められた運命の糸の束を手にする老人であり、その予言は絶対である。

出会った者に、結ばれるべき相手を告げる。

告げられた者がどんなに拒もうとも、老人が告げた運命は覆《くつがえ》せない。

何故《なぜ》なら老人は神であるから。

人間では抗《あらが》えない、絶対の神性を有しているから。

まさに今の北里柴三郎《きたさとしばさぶろう》が持つ絶対性と同じだ。

——ならばこいつは神なのか。俺では抗えないのか。

脳裏を弱音が過《よぎ》る。

そんな弱音とともに拘束を振りほどこうと試みるが、緋色の拘束は月下老人の持つ運命の糸のように、夏子の自由を許さない。

そして、夏子がもがく間に、北里の更なる攻撃は秒読みを終えていた。

「我が奥義《おうぎ》『金網電流デスマッチ』を食らえィ！」

瞬間、途方もない衝撃に襲われた。

電流だ。夏子たちを拘束する正体不明の物質が通電し、夏子たちに電気ショックを浴びせているのだ。

眼《め》から星が飛ぶ。かつて読んだ本にある「稲妻を瞳に焼き付ける」なる表現を、言葉そのままに再現されて、思考が漂白されていく。

「ああああああああっ!?」

「きゃあああああああっ!?」

夏子も禰子も、苦悶《くもん》の叫びを上げる。

「終わりか？　終わりかァ！　夏目漱石《なつめそうせき》ィイイ！」

電流による地獄の中で、北里の声は実際の距離以上に遠く響く。

意識が遠のいてきた。いよいよ危うい。

次の北里の攻撃を、無抵抗で浴びることになる。

分かってはいるのに体が動かない。

心にはまだ闘志がある。

だが体が先に負けを認めてしまったのだ。

「この程度でワシに立ち向かおうとは笑止千万よ！」

戦いの幕引きは、早くも北里の手によって行われようとしている。

「さぁ、受けてみよ！　ワシの秘奥義を——っ!?」

その、刹那。

「！」

何を思ったか、北里は突然、夏子と禰子《ねこ》の拘束を解いた。

続いて聞こえる銃声。

ガキィン！

硬質の音だ。銃弾を防いだ音だ。

——なんだ？　なにが起きている？

朦朧《もうろう》としている意識の中で、夏子は必死で目を凝らした。

白衣が見えた。

白んでいく視界の中、白地に黒い梅の木の意匠を宿した白衣を着こなし、場に屹立《きつりつ》する男がいた。

「ラトル……スネーク……」

そう呟《つぶや》いて、気力が限界を迎えた。
夏子は意識を失った。

夏目漱石ファンタジア

I am Soseki Natsume.

【アーサー・コナン・ドイル】《あーさー・こなん・どいる》 史実

シャーロック・ホームズシリーズは、医師をしていたアーサー・コナン・ドイルが患者の来ない時間を利用して書き始め、1887年に第一作の『緋色の研究』が刊行されて以降1927年まで全60編のシリーズが続いた。これら60編を「正典（Canon）」と呼んで考証する熱狂的なファンをイギリスではホームジアン（Holmesian）、アメリカではシャーロキアン（Sherlockian）という。作中では「シャーロキアン」が使われているが、用語としてはホームジアンのほうが早く1929年頃から確認できる。そのため実際には、夏目漱石《なつめそうせき》の時代にはまだこの呼称はなかったと考えられる。

【夏目漱石とロンドン】《なつめそうせきとろんどん》 史実

1900（明治33）年、漱石は文部省からイギリス留学の命令を受けて渡航した。このときの条件は年額1800円。単純には計算できないが、現代に置き換えるとおよそ月に15～20万円程度に当たる金額である。当時のロンドンは非常に物価が高く、しかも漱石は資金の多くを書籍代に充てていたために生活は非常に苦しかった。さらに神経衰弱を患って下宿に引きこもって本を読んでいることが多く、妻の鏡子に宛てて「おれの様な不人情なものでも頻《しき》りに御前が恋しい」（1901年2月20日）との手紙を送っている。

【夏目漱石とコナン・ドイル】《なつめそうせきとこなん・どいる》 虚構

コナン・ドイルは小説『最後の事件』において、ホームズの死を手紙で表現した。漱石は小説『こゝろ』において、先生の死をやはり手紙で表現した。この繋がりに着目し、本作はコナン・ドイルと漱石を師弟関係とした。

【夏目漱石と競馬】《なつめそうせきとけいば》 史実

漱石はロンドンに留学中、英国ダービーが開催されるエプソム競馬場の近くに住んでいた。馬券を買うことには興味がなかったようだが、『吾輩は猫である』の執筆メモの狭間に競馬の歴史についての記述が残っているほか、『三四郎』ではヒロインの美禰子《みねこ》に「馬券であてるのは、人の心をあてるよりむずかしいじゃありませんか。」と語らせている。

【過激探偵愛者《ハイパーシャーロキアン》】《はいぱーしゃーろきあん》 虚構

ホームズの続刊を読むためなら犯罪行為を躊躇《ためら》わない、智《ち》に飢えた獣の群れ。普段は一般人に擬態しているが、ホームズの話になると本性を現す。青ざめた月の下、漱石は彼らと果て無き戦いを続け、やがて壊れていった。

【北里柴三郎の仲人業】《きたさとしばさぶろうのなこうどぎょう》 虚構

オブジェクトクラスKekkon。ペストと戦う医師。医学界の頂点を目指し、森鷗外や帝国大学と政治闘争中。仲人業を通じ貴族の家々と繋がりを深め、政治闘争の勝利を目指す。彼が本気を出せば、独身を保てる者などいない。

COLUMN

三章　脚気菌《かっけ》

目が覚めると、見知った天井が見えた。自分がベッドに寝かされていることを理解した。

慈恩宮《じおんぐう》のいつもの寝所であった。

――北里柴三郎は⁉

急ぎ、上体を跳ね起こす。

その途端、体中を不快な痛みが襲った。

「……っ！」

顔を顰《しか》めつつ、状況把握に努める。

時分はどうやら朝のよう。

窓から朝日が差し込み、空には大理石のような色合いの雲が浮かんでいる。

部屋の中を見渡せば、整った空模様とは裏腹に、中々の荒れ模様である。

物色のあとなのか、簞笥《たんす》は口をだらしなく開けている。

床には無遠慮な靴跡。そして水を張った木桶《きおけ》が置かれ、中に目をやれば銀色の鉗子《かんし》やメスやらが浸《つ》かっている。

ふと、サイドテーブルに目を向けると、抜き身のナイフが置かれていた。変わった形状をしている。刺突部《しとつ》の尖《とが》り方が、悪魔の爪のように禍々《まがまが》しい。

興味を持って手を伸ばした時、声がかかる。

「止《や》めておけ。刃に猛毒が塗ってある」

声の方向を見れば、そこには知った顔があった。

癖のある猫っ毛の頭髪に、咥《くわ》え煙草《たばこ》の男。

夏子たちが「ラトルスネーク」と呼ぶ彼こそが、夏子の脳移植の執刀医であった野口英世《のぐちひでよ》だ。

その英世だが、少し顔色が悪い。

白衣のあちこちには血が滲《にじ》んでおり、一部は黒く焼け焦げている。

ベッドの脇に歩み寄ってくる彼の足運びは、右足と左足で歩幅が違った。

どうやら足に怪我《けが》を得ているらしい。

「……お前が助けてくれたのか」

「ああ。この分の金は、後刻きっちり請求するからな」

「相変わらずの守銭奴振りだな。地獄に金は持っていけないというのに」

「そういうあんたも相変わらず、呪われた人生を歩んでいるらしいな」

久しぶりの再会は、憎まれ口のたたき合いから始まる。

これが夏子と英世の距離感。互いにとってしっくりくる間合い。

礼の言葉はあえて省いた。言わずとも彼には伝わっているだろうし、他人行儀な礼を述べている場合ではなかった。

周囲に禰子の姿がないのだ。

夏子は聞きづらいことを尋ねる。

「禰子はどうなった？」

「あの場から連れ出せたのはあんた一人だけだ」

案の定の答えであった。

話によると、禰子は北里に捕まってしまったという。

戦闘に英世が介入しても戦況は覆せなかった。

それどころか、北里は英世を見るなり「このバカ弟子がぁぁぁ！」だの「生かしてはおかんぞぉぉぉ！」だの「ワシ自らの手で葬《ほうむ》り去ってくれるわぁぁぁ！」だのと、攻撃の手を苛烈にしてきたのだという。

英世は熾烈《しれつ》な攻撃を掻《か》い潜《くぐ》って、自身も傷を負いつつ、どうにか隠し持っていた猛毒ナイフで北里に傷をつけることに成功。

北里が怯《ひる》んだ隙を恃《たの》み、夏子を抱えて何とか場を離脱し、慈恩宮に戻ってきたのだという。

「あの男が怯んだ？」

禰子の安否も気になるが、夏子はまず、その点に注目した。

蒸気機関車のような勢いを持つ北里を怯ませたという毒に、興味を持ったのだ。

その毒を活用すれば、北里を降《くだ》す光明も見えてくる。

夏子の頭には、禰子の奪還という新たな目標がある。

その助けになる情報なら、是非共有願いたいものだ。

「どんな毒だ。一瞬で回る毒ということか？」

「そんな毒があってたまるか。あったとして、危険すぎて俺が使えない」

「じゃあ一体どんな毒を？」

「梅毒だ」

「ばい……っ⁉」

予想以上にえげつない回答である。

呆気《あっけ》にとられる夏子に、ニヤリと英世は笑う。

「かつての弟子から梅毒を貰《もら》うなんて、流石《さすが》にあの男も面目丸潰れだろう？」

「お前、本気であの刃《やいば》に梅毒を？」

「さてね」

英世は肩を竦《すく》めてみせる。

「ただ、あの男は俺のかつての師だ。俺が細菌学に、とりわけ梅毒に有識であることは、誰より知っている。細菌学に精通した俺が特殊な形状のナイフを持ち、傷をつけただけで満足している様子を見たら、あの男はどう考える？」

「……なるほど」

夏子は英世の策を理解した。

そしてサイドテーブルのナイフを手に取ると、指先をナイフの刃に滑らせる。

今度は制止の声がかからなかった。

「このナイフ、本当は何も塗られていないな？」

「ああ。だが、あの男は絶対に警戒するだろう。何せ感染症研究所は、日本の防疫の要《かなめ》石《いし》だ。仮にナイフに病原菌が塗ってあり、北里が罹患《りかん》し、周囲の研究者にまで病気が広がってしまえば、研究所が全滅しかねない。それはこの国そのものを危機に晒《さら》すことだ」

だから北里は英世を深追いできなかった。

彼の医者としてのセンスと責任感が、逆に彼を縛ったのだという。

「あの男は自分の傷を研究し、病原体の有無を確かめたことだろうよ。やがてナイフに何も塗られていないことに気付く。そうしたら、あの男は俺たちを狙ってくる」

語る英世の表情が険しくなる。

「あんたも俺もダメージがある。次にあの男と戦えば、逃走はまず不可能だろう」

「今度は逃げるつもりはない。禰子を奪還しなくてはいけないからな」

北里が禰子の命を奪う可能性を、夏子は低く見積もっている。

毒ナイフの一件からは彼の命に対する敬意が窺《うかが》えた。禰子を捕まえたとしても、その命を奪うことは、北里の誇りが許さないだろう。

ただし、禰子の脳にちょっかいをかける可能性は極めて高く、あまり時間稼ぎをしてもいられない。

禰子が相手の手に落ちた今、状況は相手優位なのだ。

「いずれにせよ、次の戦いが俺たちにとっての関ケ原になる。負ければあんたは、何やらろくでもない目に遭わされるんだろうし、俺は確実に殺される」

「ちょっと待て」

夏子は英世の語りを一時止めた。

確認したいことがあるのだ。

「そもそもの話、なんで北里はお前を殺したがっているんだ？」

「過去に色々あったんだよ」

「弟子を本気で殺そうとする師も、そうはいないだろう」

かつて、英世は一応の弟子である禰子《ねこ》に銃を向けたことがある。

理由あって一時的に夏子を裏切っていた英世が、禰子を人質としたのだ。

当時の彼からは、本気で引き金を引くという気迫を感じた。

しかし、夏子には禰子を見捨てる選択肢はなかったし、英世もそれを分かっていたからこそあのような愚挙に及んだはず。なんだかんだで、英世も師として禰子に情があったということだろう。

だからこそ気になるのだ。

北里がかつての弟子に向ける殺意の背景が。

「あの男は医者だ。生命の尊さを誰よりも知っている。そんな男が『葬る』という言葉を使ったからには、本気ってことだ」

英世が他人事《ひとごと》のように嘯《うそぶ》くので、ますます探りを入れたくなる。

「一体、何をやらかした？」

「しつこいな。あんただって、殺したい門下の一人や二人いるだろ？」

「殺したいなんて思うわけがないだろ！」

夏子は鋭く言い、その勢いのまま補足する。

「ただ、生き残ってもらっちゃ困る門下生がいただけだ！」

「あんたも大概じゃねぇか！」

英世のツッコミを受けつつ、夏子は呟《つぶや》く。

「森田《もりた》、あの忌々《いまいま》しき害獣め。奴《やつ》と、奴が夏目《なつめ》家に連れてきた石川啄木《いしかわたくぼく》のことを思い出すだけで、俺の心にドス黒いものがこみ上げる。絶対に許さんぞあいつら……」

「森田……ああ、森田草平《そうへい》か」

英世は一時的に夏子を護衛するにあたり、夏目漱石《そうせき》周辺の人間関係を調べたという。だから木曜会の幹部の一人、森田草平の名がすぐに出てきたようだ。

「森田草平はともかく、石川啄木って奴は今年の四月に病死してるだろ」

「あのクズは俺が直々に処断したかった」

「やっぱり殺したい門下がいるじゃないか」

「森田はともかく、石川は俺の門下じゃない！　あんな奴が門下であってたまるか！」

「何があったんだよ本当に！　いや、いい。どうせ碌《ろく》な話は出てこないんだろうよ」

夏子が鬱憤を口に出す前に、英世が話の軌道を元に戻す。

「まぁ、あんたにも積もる話が沢山あるように、俺と北里柴三郎《きたさとしばさぶろう》の間にも積もる話があるってことだ」

「だから、その話とやらと聞かせろと言っているんだ」

「分かった、分かった。聞かせてやるよ。だがその前に、やらなきゃいけないことがあるだろう?」

やらなきゃいけないこと?

夏子が疑問に思った瞬間、夏子のお腹《なか》が鳴いた。

ここで夏子は、ようやく自分が空腹であることを自覚した。

Ⓚ

『そろそろ目覚めるだろうと思って、朝食は用意してある』

英世にそう言われた時、夏子が思い浮かべたのは、ロンドン留学時の朝食だ。

金がなかったので、朝晩ともビスケットのみ。経済性重視の極致だ。

パッサパサで味気がなかった。

甘さも足りないし、美味《おい》しくなかった。

守銭奴の英世《ひでよ》が用意した食事ならば、きっと経済性重視だろう。
またロンドン時代の食生活と向き合わなきゃいけないのか——そう思っていた。
だからこそ、食卓に並べられた品々を見たとき、夏子は驚いた。
こんがり焼いた糖蜜パン。
目玉焼きには焼いたアスパラガスとハムを添え、ハーブで香りづけまでしてある。
そこにコーヒーと水菓子まで添えられているので、文句のつけようがない。
夏子が理想とする完璧な朝食であった。
「素晴らしい」
夏子は英世を褒めた。
「実にご機嫌な朝食じゃないか」
「あんた、俺の医術は褒めたことがないのに、俺の料理は褒めるんだな」
対する英世は複雑そうな表情を浮かべ、夏子に着席を勧める。
そして朝食。
どれもこれも美味しかった。
疲れた体に、活力が補充される。
夏子は早くも水菓子に手を付け、頬張りつつ尋ねる。

「しかしガラガラ蛇《ラトルスネーク》と呼ばれたお前に、美食の才があるとは。食事なんて丸呑《まるの》みにするものかと思っていたぞ」

「得意料理は肉料理全般だ」

「ほう。それは理由があるのか？」

「病理解剖や検死にも関わってきたからな。肉を削《そ》いだり切ったりはお手の物だ」

……仮にこいつがステーキ・ハウスを開業したとして、絶対に行くものか。

夏子は心にそう誓った。


朝食後、すぐに情報共有に入る。

二人の手元にはコーヒーのお代わりがある。

「そもそもの話、なんであんたは感染症研究所にいたんだ？」

英世が切り出した。

感染症研究所に行くまでの経緯を夏子が語ると、彼は腑《ふ》に落ちないという顔になる。

「學天則《がくてんそく》・トールハンマー？　そんなものを、あの男が造ったっていうのか」

「これを見てくれ」

青山《あおやま》から渡された紙を、英世に見せる。

英世は、大規模災害に対応する医療用學天則という名目の學天則・リブドガンドに関する記載については興味深そうに目を通していた。

次に、リブドガンドの裏の顔であるというトールハンマーについての記載。

この部分については軽く目を通し「ありえないな」と呟いた。

「ありえない？」

夏子は英世の呟きを拾う。

「ラトルスネーク、どういう意味だ」

「リブドガンドはともかく、トールハンマーを北里柴三郎が開発するはずがない」

「なぜ？」

「この仕様書通りにトールハンマーが造られたとして、北里柴三郎の方が確実に強い」

「あ……」

そう言われれば、その通りだ。

袖口から緋色《ひいろ》の物質を自在に戦場に展開し、攻防は敵に優越している。彼の攻めは鋭く制圧力も上等。防御性能も高すぎる。

生身の肉体で兵器としての領域に至った、まさに人間要塞と呼ぶべき傑物。

それが北里柴三郎なのだ。

英世の評価は妥当なものであると、夏子は理解させせられてしまう。

「あの力量にまで達した男が、戦闘を今更機械に頼るものか。こんなものを開発する余裕があるなら、感染症研究所の拡張と充実に予算と時間を注《つ》ぎ込むだろうよ」

そう評価して、付け足す。

「とはいえ、こんな情報が出てきたら捨て置けないことも事実だ。真相を探るために、誰かが動かなければならなかったというのは理解できる」

その役目を、夏子が担《にな》った。

で、北里の強さを思い知らされ、禰子は囚《とら》われ、今に至るというわけだ。

學天則の開発の実態にも迫れなかった。

成果と言えば、北里との会話から得られた情報くらいだ。

「あの男と話した時、俺は奴にトールハンマー開発の件と、トールハンマーの中に師であったアーサー・コナン・ドイルの脳が搭載されている件について質《ただ》した。奴は前半部については心当たりがあると言い、後半部を否定した」

「あくまで『心当たりがある』だけだ。リブドガンドの開発を直接認めたわけじゃない。そもそも生命への畏敬を持っているあの男が、學天則を認めるとは思えないんだ」

「じゃあ奴の心当たりとは、何を指している？」

「さぁな。真実はあの男の胸の中にあるのみだ」

英世が早々に推理を放棄する。

「今、俺が確実に断言できることがある。あんたは今、とてつもなく大きい渦に巻き込まれた状態だということだ」

「大きい渦？」

「そうだ。その困難な状況下であんたは、北里柴三郎という人間兵器と戦い、クソガキを救出する必要がある」

「大きな渦とやらは、お前が感染症研究所にいたことと繋《つな》がるのか？」

夏子は尋ねる。

「あのタイミングでの助太刀は、事前に感染症研究所に忍び込んでいないと不可能だったはず。お前も何か目的があって、あの場にいたんだろう」

「長くなるぞ？」

その問いに、夏子が首を縦に振る。

「分かった」

英世は語り始める。

「あの研究所は今、政治的な火薬庫になっている」

英世の説明はそんな言葉から始まった。

「感染症研究所は、北里柴三郎が己の努力で一から育て上げたものだ。それを政府が北里から奪い、帝国大学に譲渡しようと画策している」

「は？」

夏子は驚いた。

「そんな無法がまかり通る道理があるのか？」

「ない。が、無理を通せば道理が引っ込む世の中だ。あんただって政府の強権発動の力は身をもって味わっているはずだ」

確かに。

不穏分子の火力排除という、政府による陰謀『修善寺の大患』の当事者である身なので、政府のやり口の強引さは理解している。

「国民の生命に直結する感染症研究は国家が行うべきだの、研究所に保管されている細菌は北里柴三郎という個人が有するには危険すぎるだの——接収する理由はいくらでも考えられる。が、政府や官僚の本音は単純だ。帝国大学という最高権威に歯向かい続ける在野の偉人が目障《めざわ》りというわけだ」

「だから北里の力を削ぐために、研究所を奪うと」

「そうだ。俺が研究所に忍び込んだのは、研究所の資産価値の調査だ。あの研究所が有する研究情報、人材、そして病原体。それらが国家にとってどれだけ有益かを鑑定することが、俺の仕事だった」

「充実の報酬だったようだな」

「虎穴に入る価値があるくらいには破格だったさ。もっとも、北里に見つかってしまえば即座に襲撃される。俺は誰にも出会わぬよう……それこそ、あんたたちにも気づかれないよう、研究所内を探索し、そこで地下からの戦闘の気配を感じ取った。向かってみれば、あんたが見事にやられていたわけだ」

　これで英世が研究所にいた理由は分かった。

　だが、次の疑問が出てくる。

「お前はさっき、研究所が火薬庫だと言ったが、言うほど状況は緊迫しているか？　政府が本気であれば、北里も抗《あらが》いきれない。それは彼だって分かっているだろう。この話の結果は見えている」

「いや、北里は強気だ。何せ後ろ盾がいるからな」

「後ろ盾？」

「帝国海軍だよ」

これはまた、予想外の名が出てきた。

一個人の後ろ盾としてはあまりに強すぎる。

「帝国海軍には高木兼寛《たかきかねひろ》という軍医がいる。まぁこいつも本来ならば北里に負けず劣らずの偉人なんだが……こいつと北里は、とある病気を巡って共同戦線を張っていた。北里と帝国海軍は、この縁が元になって繋がっている」

「とある病気？」

「脚気《かっけ》だ」

脚気。確か、脚気菌により引き起こされる病である。

病状が悪化すると死に至ることもあり、先の日露戦争では、陸軍兵士に多大なる死者をもたらした、恐ろしい病である。

夏子は自分の知るところを口に出した。

そしたら英世から鼻で笑われたので、大いに気分を害した。

「脚気菌など、医学界ではとっくの昔に否定されている。脚気の原因は食べ物に含まれる特定因子の欠乏だ。特に米は精米時にその因子が大量に失われるから、白米を主食とする生活では発病しやすい」

「食べ物が原因なら、とっくに世に公表されているだろう。先日も新聞には、帝国大学の教授が、脚気菌に気を付けよと訓戒を載せていたはずだ」

「そうだ。そのズレこそが、北里《きたさと》が帝国大学に歯向かっている原因だよ」

英世《ひでよ》は解説する。

かつて、帝国大学の重鎮教授が「世界で初めて脚気菌を発見した」と発表した。

それは素晴らしい発見であり、世界の医学書に名を刻む発見であった——その発見が本当であれば。

だが、その発表に異を唱える者がいた。

それが北里柴三郎《しばさぶろう》である。

彼は重鎮教授の弟子であったにも拘《かか》わらず、師の発見を「虚偽」と断罪し、師の研究の甘さを激しく打擲《ちょうちゃく》したのだ。

師への反逆というのは、当時の医学界のみならず、世の常識として蛮行であった。

北里は帝国大学のあらゆる人間から敵視された。

彼を責めた者の中には、彼がドイツ留学時代に友誼《ゆうぎ》を結んだ者の姿もあった。

代表的なのは二人。まず、青山胤通《あおやまたねみち》。

そして森林太郎《もりりんたろう》。後に文豪・森鷗外《おうがい》の名で世に知られる男である。

特に森鷗外が敵に回ったことは、北里の歩みに深く影響した。

鷗外の言葉遣いは巧《たく》みそのものである。

語彙豊かで、声調も整っている。彼の弁舌は多くの人を魅了する。

その彼が北里を「忘恩の輩《やから》」と攻撃したので、多くの人が北里に悪《あ》しき印象を抱いてしまったのだ。

北里は「脚気菌は発見されていない。そもそも存在するかも不明」という自説に絶対の自信を持っていた。

けれど鷗外の弁舌には勝てず、医学界での地位は後退した。


少し時は経過し、北里の説を評価する男が現れる。

それが当時、やはり脚気に悩まされていた海軍で、軍医を務めていた高木であった。

高木は伝染病に関する知見を有していた。

その知見で軍艦の防疫を担当していたが、万全の対策を講じていたにも拘わらず、船内で脚気が蔓延《まんえん》した。

これにより高木は脚気菌の存在に疑問を持ち、北里に相談した。

そして二人は独自で研究を進め、脚気と食事との関係性を突き止めたのだ。

高木は北里の助力を得て、二艘《そう》の船を使った実験を敢行。

食事の内容を変え、それ以外の条件を全く同じにして航海させた結果、白米を主食としていた船にだけ脚気の発生が認められた。

この実験の結果には、帝国大学も唸《うな》るしかなかった。

脚気の原因は白米食にある。

そのことを帝国大学も認めつつあった。


しかし、高木はかつて、とある過《あやま》ちを犯していた。

その過ちが高木に牙を剥《む》いた。


貧民散布論。

これが高木の罪の名だった。

彼は昔、帝都にいる全ての貧困層を帝都から追い出すことを推奨していた。

貧民街は疫病の温床となり、いずれ帝都にとっての汚点となる。帝都を守るためには貧民たちを一掃するしかない。

また、貧民たちが帝都からいなくなれば、帝都が住みよい場所になって、地価が高騰する。

そうすれば税収が増え、帝都がより立派になる――それが高木の論であった。

これは公衆衛生維持の名を借りた暴論であった。

そもそも帝都に集う貧民たちは、地方では生きていけず、飢えをしのぐ手段を帝都に求めてやってきた者たちである。

彼らを帝都から追い出し、再び地方に散布させれば、やはり飢えて死ぬだろう。

つまり、貧民散布論とは、公衆衛生のために貧民を国家が事実上処刑する、選民思想の極致であったのだ。

一応、こうした言説は高木のみではなく一部の知識人も論じていたことであるため、これ自体が高木ひとりの責というわけではない。

高木が他の論者と違った点は、貧民街について次のように論じたことであろう。

『貧民街という汚泥《おでい》からは病苦しか生まれぬ』

『帝都の汚泥を排除することは、人類事業である』

この二つの言葉は、彼にとっての地獄の門を開いた。

森鷗外からの憎悪《ぞうお》を向けられたのだ。

貧民を帝都から追い出すという論説について、鷗外は生涯の中で定期的に批判をしている。

人道に背くという点が、批判を構成する主成分である。

何名かの論者は名を出され、言論の場で鷗外からボッコボコにされた。

だが鷗外は何故《なぜ》か貧民散布論を著した高木に言及しなかった。

陸軍に在籍する鷗外が海軍に在籍する高木を攻撃すれば、陸・海両軍に不和が生じるため、鷗外が高木の名を出さなかったのだと見る向きもある。

確かに、そのような理由もあったのかもしれない。

だが、鷗外が高木に言及しなかった本当の理由は、鷗外が高木兼寛という男を「歴史から抹消する」と決めたからである。


鷗外は、貧民街のなかから生まれた奇跡に出会ったことがある。

その奇跡の名は樋口一葉《ひぐちいちよう》という。

彼女は極貧であり、かつては悪所・下谷龍泉寺町に住んでいた。

当時の下谷龍泉寺町は銘酒屋（飲み屋という体裁《ていさい》の風俗店）が軒を連ねる、端的に言ってしまえば色街であった。

家賃と人間の価値が安い町であり、人々はそんな場所でも懸命に生きていた。

その懸命さを彼女は見ていた。

辛《つら》く、貧しく、みすぼらしくても、それでも生き抜こうとする人間の姿を心に刻み、そして文にしたためた。

こうしてできたのが、一葉文学の中でも傑作と言われる『にごりえ』だ。

悪所である貧民街から生まれたこの文学は、汚泥が生んだ純白の蓮《はす》の花であった。

この文学の価値は、美しい文体や卓越した表現にとどまらず、多くの人間に社会の在り方を問いかけるきっかけになったことである。

この文学をきっかけとして生まれた社会運動もある。文学的にも社会学的にも意義のあるこの作品は、高木が排すべき汚泥と主張した場所が生んだのだ。

樋口一葉は、貧民街に住む人々も同じ人間であり価値があることを、少なくとも暴論により排除される謂《い》われはないことを世に示した。

だが、高木は結局、自己の主張を撤回しなかった。

高木は樋口一葉の作品を無視していた。

一葉など歴史に存在しなかったかのように振舞い、自説を展開し続けた。

その態度が、樋口一葉を強く尊敬していた鷗外を激怒させた。

鷗外の怒りは凄《すさ》まじかった。怒りは一種の狂気にまで達していた。

彼は必ず高木に復讐《ふくしゅう》してやると決意した。

そして、復讐の方法として、最高の意趣返しを思い付いた。

それが高木の歴史的抹消である。

かつて高木が樋口一葉の功績をあえて無視したように、今度は高木を消し去るのだ。

高木という男の存在を、人々の意識から削《そ》ぎ落とす。

無論、自身も彼に言及しない。

その上で、高木の協力者や高木に好意的な者に対して、徹底的に圧力をかける。

鷗外は、高木の周囲から人が消えるように画策した。

高木本人には攻撃を加えず、周囲からじわじわと削っていく。鷗外のやり方は巧みであり、陰湿であった。

この立ち回りは功を奏した。

高木と関わると攻撃されるとして、人々は高木と距離を置き始めた。

また、鷗外が再び北里を攻撃の対象としたことも、高木の心を苛《さいな》んだ。

高木《たかぎ》は貧民散布論という過激な論を展開していたものの、その心根は善良な医者である。

感性も一般人と同じであり、だから自分の巻き添えで北里が標的にされてしまったことに心を痛めた。高木の闘志は弱まっていった。

同時に鷗外は、帝国大学にも工作を展開する。教授陣に論を張ったのだ。

『北里が高木と手を組んでいるということが、どのようなことかお分かりか！』

『仮に北里に勝利を許せば、高木にも勝利を許すということ。それはつまり、貧民散布論の復活を許すということ！』

『貧者は皆死ねばいい――こんな道理が許されようか！』

『アダムが耕し、イヴが紡《つむ》いだことにより始まったこの人間の世界において、このような暴論はかつてなかった！』

『帝国大学は学問における理智《りち》の砦《とりで》でなければならない！　ゆえにこのような暴論など、廃絶しなければならない！』

『暴論を掲げる高木と、それにつるむ北里に勝利を許すわけにはいかないのです！』

この論は帝国大学の教授陣にとって、実に耳触りのいいものだった。

元々、帝国大学側は北里を快く思っていなかった。

そこに鷗外が「北里《きたさと》の歩みを阻止するのは、人道的に正しい」という論を持ってきたので、渡りに船とばかりに乗ったのだ。

だから帝国大学は、高木や北里の研究成果をあえて黙殺した。

脚気《かっけ》の原因が細菌であるという説は、そのまま維持された。

その結果、日露戦争において適切な手が打てず、多数の病死者が出たのだ。

北里はそれが許せなかった。

大学が脚気の本当の原因を認めていれば、死者は抑えられたと考えていたからだ。

こうして帝国大学と北里柴三郎《しばさぶろう》の亀裂はますます深まった。

かつてドイツのミュンヘンで友誼《ゆうぎ》を結んだという森鷗外と北里柴三郎との関係性も、修復不可能になっていた。

更に、鷗外が陸軍所属であること。

そして北里が海軍と繋《つな》がっていたことが、話をややこしくさせた。

日露戦争中の予算の奪い合いに端を発する陸軍と海軍の対立は、徐々に根深いものへ変化していた。

そのようななかで、鷗外と北里の争いは、次第に陸軍と海軍の代理戦争の意味合いも帯びるようになってきた。

今、感染症研究所は多くの者たちの因縁が集っている。

北里、鷗外《おうがい》、青山《あおやま》、高木、帝国大学、陸軍、そして海軍――それぞれの強すぎる思念が研究所に宿り、権力闘争の力場を形成している。

英世《ひでよ》が「大きい渦」と表現するその力場に、夏子は足を踏み入れてしまった。

そして禰子《ねこ》が力場の中心に囚《とら》われているというわけだ。

「……読めたぞ」

英世の長い説明を聞き、夏子は一つの洞察を得た。

「ラトルスネーク。お前に研究所の査定を依頼したのは、森《もり》先生だな」

「そういうことだ」

英世が、少々の悪意を含んだ顔で肯定する。

「今やドクトル・ニルヴァーナこと森鷗外と、北里柴三郎は宿敵同士。研究所を北里から奪う理不尽な計画についても、背後にはしっかりドクトル・ニルヴァーナがいる」

「……そうか」

夏子が淡白な返事をする。

思い出す限り、森鷗外は慈《いつく》しみ深い人間である。

樋口一葉の命を永らえさせるため、方々に手を尽くした。土下座だってした。
一葉に対してのみならず、困っている相手に手を差し伸べる優しさを持っている。
思い返せば、木曜会を構成するメンバーは大なり小なり権威に対する反発心を持ってい
たが、それでも「森先生は純粋に尊敬する」と主張する者が多かった。
偽りの人間性では、とうていこのような敬意は得られなかっただろう。
鷗外が世間に見せていた顔は、虚構の仮面ではなかったはずだ。
だけど。
鷗外は複数のペンネームを有し、同じように複数の心を持っていた。
困った人間に手を差し伸べる慈悲の心と、敵対した人間をどこまでも追いつめる残忍な
心は、彼の胸の中に矛盾なく同居していたのだ。
その心のどれもが真実である。
真実が幾重にも折り重なり、鷗外という存在の本質を隠匿しているのだ。
「あの人も業が深い……」
夏子が遠い目をして呟《つぶや》く。
そして、呟きを足す。
「北里という男も、なかなか災難だな」

鷗外に目を付けられたことをそう表現した。

ところが英世は顔を顰《しか》める。

そして首を横に振るのだ。

まるで分かっていない、と言いたげに。

「あんた、話を素直に捉え過ぎだ」

「何だと？」

「確かに今の話だけでは、北里柴三郎という男は、帝国大学やドクトル・ニルヴァーナの思惑に翻弄される被害者のように思われるだろう」

だが、と彼は続ける。

彼の眼《め》には爛々《らんらん》とした光がある。

「それでは北里柴三郎を見くびり過ぎている。あの男は途方もなく老獪《ろうかい》で、分析力だって当然ある。そんな奴《やつ》が、立ち回りを間違えるはずがないだろう」

「何が言いたい？」

「現状は全て、北里柴三郎の計画通りということだよ」

英世は含み笑いのような表情を浮かべている。

「考えてもみろ。この状況は北里にとって不利じゃない。脚気の論争も、今は帝国大学が誤魔化しているが、やがて北里柴三郎が正しかったと証明される。誰が何と言おうとも、科学的真実は北里に味方しているんだからな」

　確かに帝国大学と森鷗外は、北里に冷たい冬の風を送った。

　だがその冬に耐えれば、北里には春が来る。

「極上の春だろうよ。何せ、帝国大学とドクトル・ニルヴァーナという巨大な存在に単身で挑み、そして打ち勝ったという栄誉が得られる。あんた、帝国大学とドクトル・ニルヴァーナを相手に一人で勝てるか？」

「挑もうとする気すら起きん」

「そうだろう？」

　彼は、我が意を得たりと言わんばかりだ。

「木曜会の司令官・夏目漱石《なつめそうせき》ですら不可能だと言ってのけることを、あの男はやってのけることになる。その権威は絶対的なものになり、人々は彼を神格化するだろう。医学界の英雄――いや、神が誕生するというわけだ」

「北里柴三郎は神になりたいのか？」

　問えば、英世は真顔で言う。

「本当は神をも超越したいんだろうよ」

そもそも。

北里ほどの男なら、帝国大学の面子《メンツ》を立てつつ、自説を認めさせるくらいの手練手管《てれんてくだ》は有していたはずだ。

それをやらず、あえて帝国大学と鷗外と敵対関係を作り出したあたりに、北里の狙いが透ける。

彼は高みに行きたいのだ。

高みに向かうためには踏み台を要したし、進むべき道には障壁もあった。

帝国大学、そして森鷗外というどこまでも高い障壁だ。

逆に、高い障壁だからこそ、それを踏み台にすれば、どこまでも高みに行ける。

そう北里は考えたという。

ならば何故《なぜ》、彼は高みに行きたいのか。

北里柴三郎は、日本の医療の改革を目指しているのだ。

そのためには絶大なる権威を手に入れる必要があった。

「明治時代に入り、日本医学は西洋の知見を取り入れ、近代化に成功した」

英世は説く。

「だが、医術は進歩しても、医道が進歩したとは言い難《がた》かった。医療の世界では女性蔑視が未《いま》だに蔓延《はびこ》る。女は劣っているからと言われ、多くの女性医療者が活躍の機会を奪われている。患者に対して不当に高額な治療費を要求する医者もいれば、逆に患者から正当な報酬を受け取ることができず、やせ細りながらも医療奉仕させられる医者もいる」

この時代の医学界そのものが、病巣《びょうそう》を抱えているのだという。

病巣を取り払うにはどうするべきか。

「俺だったら迷わず潰す」

英世の答えは実にシンプルだ。

性差別主義者を銃弾で潰す。

患者から治療費をだまし取るような医者を潰す。

医者の善意に寄生し、奴隷のように使役する患者も潰す。

他、医療界の病巣となる者を全員潰す。こうすれば日本の医療は改善するという。

「まぁ、現実的じゃないことは承知だ」

危険思想を並べ立てた後、英世はちゃんと現実を語る。

「医術を会得《えとく》するような奴ってのは、大なり小なり『人を助けたい』という優しい心の持ち主だ。奴らは優しいがゆえに強行策を打てない。医学界に蔓延《はびこ》る癌《がん》を叩《たた》けない」

ではどうする？

この難しい命題に、一人の医者が自分なりの答えを出した。

自分が、誰よりも権威を持てばいいと。

他者に有無を言わせぬ強権を用いて、全ての医者と患者に正しい医道を叩き込む。

その上で、公正不偏かつ人情溢《あふ》れる医療政治を行い、全ての医療関係者と全ての患者を理不尽から救うのだと。

その使命に目覚めた時、彼の胸に雷鳴が轟《とどろ》いた。

——神に成《な》れ。

彼は自分にそう言い聞かせる。

——人間を心の底から畏敬させられるのは神だ。医学界の神になれ。日本の、そして世界のあらゆる命を救え。

彼の脳裏に『神成《かみなり》』の二文字が浮かぶ。

その文字は彼を導く祝福であり、彼を縛る宿業《しゅくごう》でもあった。

——神に成れ！

彼は自分にもう一度、今度は力強く言い放った。

この時から、北里柴三郎《きたさとしばさぶろう》の偉人としての歩みが始まったのだ。

北里の物語を聞いて、夏子は暫《しばら》く沈黙した。

彼の強さの裏にあった、彼の決意。その表層に触れることができた気がした。

「北里の仲人稼業《なこうどかぎょう》も、ただの寄付金集めってわけじゃない。ちゃんと意味がある」

英世が補足を添える。

「あの男の仲人稼業の本来の目的は、女性医師に活躍の機会を増やすことにあった。貴族の家は、娘が医者になることを嫌うものさ。だが、それでも医者の夢を諦めない彼女たちのため、北里は彼女たちに医者の家との縁談を取り付けて回った。こうすれば夫の手伝いをするためという言い訳が立ち、彼女たちは医者を目指し続けることができる」

まぁ今では仲人稼業が暴走気味だがな、と英世は付け足した。

話を聞き終えれば、夏子の中で北里柴三郎という男の存在が、とても大きくなる。

「日本に優秀な医者を増やすための手を、いくらでも打つ男というわけか」

「そういうことだ。ここで一応、確認しておこう」

英世《ひでよ》からの鋭い視線が向けられた。

「あんた、本当にあいつと戦うということでいいんだな？」

英世が、覚悟の程を問うてくる。

相手は規格外。

自身に「神」となることを義務付け、それが驕《おご》りとは思えないほどに卓越した実力と精神性を兼ね備えている。

そんな相手に、再び挑む。その覚悟はあるのかと。

「俺たち二人が力を合わせたとして、相手の方が力量で勝る。敗色は未《いま》だ濃厚だ。それでも戦うと？」

「もちろん」

問いを重ねられても、夏子は迷わなかった。

「戦い、禰子《ねこ》を救い出す。やはり俺は寂しがり屋だからな。禰子を取り戻したい」

「臆面もなく自分の弱みを口に出すか……あんた、面白いな」

英世は薄く笑う。

どうやら彼自身の内面でも整理がついたらしい。

長かった情報交換にも終わりの気配が見えてきた。

「俺は少し寝る。ソファを借りるぞ」

英世が会話を切り上げる。

何せ、夏子をここまで運び、ついでに手当もしていたのだ。

睡眠が足りないというのも頷《うなず》ける。

「ああ、ゆっくり休んでくれ」

そう言った。

そこで夏子はふと気づく。

「結局、お前自身と北里の因縁については説明されていないぞ」

指摘した時には、英世の姿は場になかった。

はぐらかされたのだと気づいたのはその時だ。

情報の奔流によって煙《けむ》に巻かれた。

英世は北里との過去について、夏子に秘そうと決めていたらしい。

「……ったく」

夏子は小さく呟《つぶや》いて、肩を竦《すく》めた。

四章　緋色《ひいろ》の研究

少し時間が経《た》ち、英世が起きてきた。

「もういいのか？」

夏子は銃のメンテナンス中である。

機構の動作確認を行う手を止めないまま、彼に問いかけた。

「十分だ」

「三時間も経っていないぞ」

「睡眠なんて最低限でいい」

「お前を見ていると、旧約聖書の一文を引用したくなる」

「『悪人に安息なし』とでも言いたいのか？」

英世は不機嫌そうな眼差《まなざ》しをして、目覚めの煙草《たばこ》に火をつけた。

「生憎《あいにく》と俺は、短い睡眠でも満足できる体質でね。そして煙草さえあれば安息を得られるクチだ」

「だから、俺の前で煙草を吸うな。俺も吸いたくなるだろうが」

「あんたは禁煙だ」

紫煙をウマそうに燻《くゆ》らせつつ、英世が告げてくる。

自分一人が煙草を味わえるという残忍な喜びに浸る彼を見ると殴りたくなるが、相手も夏子の軽口に対する意趣返しのつもりなのだろうから、ここは堪《こら》えどころだ。

夏子は舌打ちをして、銃の手入れを完了。

そして話題を変える。

「ところでラトルスネーク。北里の使っている武装のことだが」

「ああ、緋色の研究《スカーレットワークス》のことか」

戦いの場に展開し、戦況を支配する魔界の干瓢《かんぴょう》。

剣にもなり、盾にもなり、網にもなる。

そのうえ電流まで流してくるのだから大概である。

緋色の網に拘束されてから浴びた電流の記憶は、夏子の肌にじっとりとした汗を浮かばせた。

搦《から》めとられたら脱出は不可能。一撃決着の危険性がある武装。

北里へのリベンジのためにも情報を仕入れ、対策を立てる。

「あれは人工筋繊維で編み上げられた特殊な布だ」

「人工筋繊維？」

「通電すると硬くなる物質でできている。生産コストがえげつない額になるため、大量の生産は現実的でないと聞いていたが、あの男は一定量を確保していたようだ」

その筋繊維は、とある微生物が生成する物質を加工することで作り上げるという。材質的には金属寄りだが、生産には洗練された生物学の知識が必要だとか。

ここで夏子は、嫌な心当たりを得た。

「どこかで西村《にしむら》真琴《まこと》が絡んだか？」

「直接的にか、間接的にか……いずれにせよ、奴《やつ》は絡んでいるんだろうよ」

學天則《がくてんそく》の生みの親である西村真琴とも、昨年末から因縁が生まれた。ありとあらゆる因縁が集う感染症研究所に、また高濃度な因縁が加わってしまったようである。

「そして、北里柴三郎の強さの源は電気だ。あの男は常に硫酸電池を携帯している」

硫酸電池は、硫酸と金属の反応から電気を得る装置である。

当然、硫酸を使っているのだから危険だ。注意を払って扱うべきものである。

が、北里柴三郎はそれを自分の腿《もも》に着けて運用し、電流を扱う戦闘法を開発した。安全性など度外視。もはや悪ふざけの領域ともいえる。

だが、北里は悪ふざけを研究し尽くし、戦術へと昇華させた。

そんな男が出張《でば》ってくる場は、常に敵対勢力にとっての地獄と化す。

「硫酸電池により得られる電力と、通電によって形状や硬度を自在に変える物質。これらによって奴は高度な戦闘技術を手に入れた。更にあいつは、一対多の状況を得意とする」

多勢に無勢という言葉は、北里には適用外なのだという。

多勢が無様に蹂躙《じゅうりん》されるのだ。北里が出てくる戦場では。

「だからといって寡兵で挑めば、緋色の研究の網《スカーレットワークス》で捕らえられた時、味方の助けを得にくくなる。寡兵が最適解かと言われると、どうだかな」

「その電流についてだが、遮断する方法はあるはずだろう？」

「まさか全身をゴムの被膜で覆うとか考えているのか？」

「バカ言え。そんなことしたら動けなくなる」

夏子は北里との戦いを思い出し、主張する。

「鍵は北里が握っているはずだ。あいつは俺と禰子に電流を浴びせている間も、その場に平然と屹立《きつりつ》していた。何かで電流を遮断していたんだろう」

「あんた、北里が電流を浴びてないと思っているのか？」

「え？」

「当然、浴びているに決まっているだろう」

驚くべきことに、北里にも夏子や禰子と同等の電気が流れていたのだという。

「じゃあ何で北里は平気なんだ？」

「頑張って耐えているからに決まっている」

「人間二人が意識を失うほどの電流だぞ⁉」

「あの男は何年も前から自分の体に電流を流し続け、耐性を会得《えとく》したんだ。常人が悲鳴を上げて意識を失う電撃のなかに在っても、意識を保ち作戦行動が遂行できる」

「お前の師匠は無茶苦茶だ！」

「何を今更」

相手の理不尽さに夏子は声を荒らげる。

対して英世は冷静だ。

「緋色の研究《スカーレットワークス》は見かけよりも高比重だ。あれを振り回すとなると腕力だけでは足りず、全身の筋肉を総動員する必要がある。だから北里は全身の筋肉を強化するため、自分の体に常に電流を流し、全身の筋肉を無理やり鍛えている。寝ている時も本を読んでいる時も、あいつの体内では筋肉が悲鳴を上げながら身を捩《よじ》っている」

自分の体を痛め続けた末に、今の実力があるという。

電撃に耐えた筋力と精神力は超人の域。

更に、激しい訓練に耐えてきたという自負は、北里に良質の全能感をもたらした。

その全能感のおかげで、彼は戦闘において焦《あせ》らず常に冷静でいられる。

相手の視線や銃口の向きから射線を読み、盾でガードすることも可能になったのだという。

「一応、つけ入る隙もあるにはある」

ここにきて、ようやく。

希望的観測が英世の口から出てくる。

「緋色の研究《スカーレットワークス》は、遠距離・多数の敵に対応できる面制圧の武装だ。近距離・少数の敵を相手取るには無駄が多い」

「寡兵で近づけば、あの蜘蛛《くも》の糸みたいな攻撃で搦めとられるんだろう？」

「網というのは、広がるまでに一定の距離を必要とする」

「なるほど」

夏子は英世の発言の意を摑《つか》んだ。

「緋色の研究《スカーレットワークス》が展開する間合いよりも接近して戦う、超近接戦闘。それが攻略法か」

思い返すと、英世も北里戦を想定してナイフを持ち込んでいた。

リボルバーで敵を葬《ほうむ》ってきたこの男があえてナイフを持ち込んでいたという点から、近接戦での戦いが推奨されることが分かる。

「もちろん近接戦は、攻め手のリスクも上がる。どうする？」

「上等だ」

問われ、夏子は頷いた。

「今のままでは勝率はゼロ。だが、リスクを取れば勝率を得られる。近接戦闘で戦うこととしよう」

「徒手空拳《ステゴロ》はやめておけよ？」

当たり前のような忠告が添えられた。

柔術を得意とする夏子であるが、体中に電気を纏《まと》う北里に素手で掴みかかれば、どうなるかなんて明らかだ。

「となると武装が要るな」

夏子は考え込む。

自分にとって都合のいい武装とは何か。

そしてそれは、どこに行けば得られるか。

その答えはすぐに見つかる。

頭に思い描いた目的地は、夏子にとって馴染《なじ》みのある場所だ。

「よし、俺は出かけてくる」

「俺も一緒に行こう」

英世《ひでよ》が同行を申し出てくる。

当初、夏子は固辞した。二人連れだと目立つと考えたのだ。

すると英世が睨《にら》んでくる。

「あんたのような見てくれの奴が、伴《とも》もなく一人で往来を歩いている方が悪目立ちする。大体あんた、一人でいるときに北里《きたさと》に襲撃されたらどうする？　あの男は電撃戦——強襲型の戦闘も得手としているんだぞ」

「強襲されないように意識を周囲に配っていればいいだろう」

「あんたの意表を突く、予期せぬ登場というのもありえる」

「具体的には？」

「いきなりその辺の民家から脈絡もなく北里柴三郎《しばさぶろう》が登場し、圧倒的な能力値で以《もっ》て全てを蹂躙し始める」

「…………」

確かに、その可能性は想定していなかった。

そして相手は規格外な男。

どんな登場の仕方も考えられるのだ。

「……やっぱり同行してくれ」

夏子は相手の理を認め、目的地には二人で向かうこととした。

Ⓚ

東京・神田に神田高等女学校はある。

広大な敷地《しきち》を煉瓦塀《れんが》でぐるりと囲み、囲いの中には赤煉瓦で構成された洒落《しゃれ》た校舎と寮棟がある。

夏子たちは門扉《もんび》の前に立つ。

「さて」

夏子は重々しく言う。

「今から俺たちは、誰にも見られることなく、校内の用務室に向かう」

「説明的な発言だな」

「誰にも見られてはいけない。特に在校生たちには」

「見つかったらあんた、最悪手籠《てご》めにされるだろうからな」

夏子がここに在籍していた折、色々と活躍し過ぎてしまい、乙女たちの情緒を丸焼きにしてしまった。

その結果、在校生たちは夏子に強烈な感情を向けている。

夏子が学校を辞める時もひと悶着《もんちゃく》あった。

ここに舞い戻ったことを察知されれば、どんなことになるやら。

「ラトルスネーク」

夏子は英世に真摯な眼差《まなざ》しを向ける。

「もしも俺が学校内でしくじり、学外への脱出が絶望的になった場合、禰子《ねこ》の奪還をお前に委ねたい」

「今生の別れみたいな雰囲気で語るな。北里柴三郎を相手にしなきゃいけないってのに、女学生たちに負けるようじゃ俺の面目も立たない」

「そして、この体の尊厳が傷つけられるような事態に陥った時は、お前の銃で俺を尊厳死させてほしい」

「あんたの目には、この学校が魔窟か何かに見えているのか？」

「あるいは俺が――」

「くどい。さっさと行くぞ」

「はい」

夏子はびくびく怯《おび》えていた。

しかし、なんやかんやで百戦錬磨の二人である。

女学生たちの目を掻《か》い潜《くぐ》り、どうにか目的の場所に着いた。

扉を開けて入室すると、学校の用務室の主・藤田五郎《ふじたごろう》の姿がある。

椅子に座り、目を軽く閉じたこの老人は、夏子たちの入室に気付かずうつらうつらとしている。

「おい」

夏子が呼びかけると、彼はゆっくりと目を覚ました。

そして夏子たちの顔を見て、穏やかに微笑《ほほえ》む。

「これはこれは。お久しぶりです」

「昼寝か。俺がいなくなって、気を抜くことを覚えたか？」

「この身はすっかり老骨です。あまり集中も続かないものですから……」

そう嘯《うそぶ》く老人だが、彼の話は嘘《うそ》と真《まこと》の境が読みにくい。

穏やかな好々爺《こうこうや》の面の皮を剝げば、そこにはむき出しの野性がある。

壬生《みぶ》の狼《おおかみ》と呼ばれた、幕末の戦闘集団・新撰組《しんせんぐみ》。

その中において組長を務めたという彼のギラギラした心が、明治という時代にあって切れ味を失ったと言えるのだろうか。

この点、夏子は懐疑的に見ている。

彼はまだ、心の中に刃《やいば》を隠し持っていることだろう。

そんな男だと知っているからこそ、頼みにしたいとも思えた。

「それで、どのような御用ですかね」

藤田は目を細める。

「お茶がご所望でしたら、生憎《あいにく》と粗茶しかございませんが、少々お待ちいただければ用意できますよ。それでもって、鎌倉の鳩三郎《はとサブレ》なんかを茶請けにしながら、積もる話を――」

「不躾《ぶしつけ》だとは承知しているが、杖《つえ》を借りたい」

「杖？」

心当たりはあるはずなのだが、藤田が首をかしげる。

英世もそうだが、目の前の老人もまた、相手を誤魔化すことに老練すぎる。

自分の周りにいる奴《やつ》は、なんでこう、真実に対して不誠実なのだろうか。

ふと鏡子《きょうこ》が懐《なつ》かしく思えた。

物言いがはっきりとした妻に逢《あ》いたくなった。

「杖、ですか」

夏子がじっと藤田を睨むと、噛《か》んで含めるように藤田が呟《つぶや》く。

「確かにこの身は杖を持っております。ですが、あんな汚れた杖をお渡しするより、いい杖の職人を紹介できますよ」

「その職人は仕込み杖も請け負っているのか？」

仕込み。

杖の中に刃を隠したもの。

護身用であったり、暗殺用であったりする。

用途がどちらであろうが、廃刀令後の時代においてはご禁制だ。

そして、仕込みという単語を聞いた藤田の顔から、ゆっくりと笑みが消えていく。

「この身の杖は、ただの杖ですよ」

「誤魔化すのもそれまでだ、新撰組三番隊組長・斎藤一《さいとうはじめ》」

「！」

藤田は驚いたようだった。

その反応に、夏子の方も多少驚いてしまった。

よく考えれば、藤田の正体が明かされたのは高浜虚子《たかはまきょし》との戦闘時であり、その場に彼はいなかった。

藤田とは互いに正体を知る者同士という感覚でいたが、夏子に正体を知られていると藤田が知ったのは、まさに今なのだ。

これは好機である。

夏子は偶然の産物が生んだ隙を突く。

「剣と士道に全てを捧《ささ》げてきた修羅道の住人が、時代が変わったからといって、そう易々《やすやす》と剣を手放せるとは思えない。どこかに剣を帯びているはずだと考えた時、お前がたまに手にしていた杖を思い出した」

「…………」

「お前の言葉が偽りでないのなら、杖を手に取らせてくれ。この部屋のどこかにあるんだろう?」

藤田はしばし黙した。

やがて困ったように笑った。

「そこまでのお手間はかけさせません。この身の杖は、確かに仕込みですよ」

「貸してほしい」

再度、頼む。

「随分と剣呑《けんのん》なお願いですな」

藤田の眼光は鋭い。

かつて新撰組に身を置いていた男であると知りつつ、その男から信念の象徴でもある刀を借りようとするのは、相手の誇りを軽んじているともとれる。

そこまでの横紙破りをしてまで、仕込み杖を得ようとする夏子の魂胆。

その説明を求めるのは、この場において当然の反応であった。

「武器が要る。難敵に打ち勝つための武器だ」

「刃物が欲しいのであれば、正しい筋からの購入がよろしいかと」

「あくまで欲しいのは仕込み杖だ。武器としての用途を意識した杖が要る」

「分かりませんなぁ」

藤田の声は、どちらかといえば拒絶の情がある。

「仕込み杖というのは、武器としては刀に一歩も二歩も譲ります。強度も鋭さも、本物の刀には及ばないものです」

「承知だ」

「あなたは難敵に挑むという。それなのに、武器として不完全な仕込み杖を選ぶという。そこが引っかかるのですよ」

――どうやら、見せた方が早そうだな。

夏子は英世《ひでよ》に目配せする。

英世は頷《うなず》くと、用務室に立てかけてあった箒《ほうき》を手に取り、両手で摑《つか》むと柄の部分を膝蹴りで破壊した。

柄が短くなり、丁度ステッキ程の長さとなったところで、彼は夏子に柄を放る。

夏子はそれを空中で摑み、目を閉じて精神を統一する。

ゆっくり目を開ければ、そこにはロンドンで敵対した一人の過激探偵愛者《ハイパーシャーロキアン》の姿が。

かつての記憶を呼び覚まし、目の前に仮想敵を幻視したのだ。

その仮想敵が、かつての記憶のままに襲い掛かってくる。

相手の大ぶりの拳をステッキで捌《さば》く。

そのままステッキを両手で持ち、相手の喉笛に平行に突き当てる形で押し出す。

相手が喉にステッキの峰をぶつけられ。咽《む》せている姿を脳は捉えた。傍《そば》で見ている藤田も同様だっただろう。

幻を相手に、夏子の演武は続く。

箒の柄を折った即席のステッキ。

その石突で相手のこめかみを殴打《おうだ》。

更に相手を床に引き倒し、倒れる相手の喉笛にステッキの石突を突きつけた。

「……ふぅ」

軽く息を吐いて、手にした棒をくるりと回す。

演武終了。杖を使った戦闘術の在り様というものを、藤田に示すことができたはず。

「これはまた、面白いものです」

藤田の口からようやく、本心であろう言葉が出てくる。

「変わった杖術《じょうじゅつ》ですな。いや、大層な演武を拝見しました」

「これこそがバリツ――ロンドンで俺が開発し、我が師アーサー・コナン・ドイルにより名を得た武術だ。ステッキなどの杖を利用して相手を制圧する」

「体に馴染《なじ》んだ武技のために、あなたは仕込み杖を求めていると」

なるほど、なるほど……。

そう藤田は繰り返している。

「納得したか？」

「それはもう」

ニッコリ笑う顔に、もう迷いはない。

「剣を忘れた明治の世に在って、難敵に挑むために剣を求める者がいる——それだけで、この身にとっては心躍る出来事です。加えて、付け焼刃ではない確かな武技も拝見できました。満足です。とても満足ですとも」

そう言う彼の眼《め》には、豺狼《さいろう》めいた光がある。

「バリッという武技には初めて触れましたが、何やら懐かしい感じもいたします。そう、かつてこの身が……新撰組が使っていた武と同じです。何でもありの実戦剣術。華美など求めず敵の首を狙う、武骨で強力な剣……」

ククク、と。

好々爺に似合わぬ獰猛《どうもう》な笑いが、用務室に広がった。

「おい、出ているぞ」

忠告すると、藤田が我に返ったようになる。

「これは失礼をいたしました」

笑いを矯正し、藤田は穏やかに手を打つ。

「さて、杖をご所望でしたね」

「あるか？」

「ございますが、この身の使っていたものをお渡しするわけにもまいりません。仕込みがあるとはいえ、杖は杖。身を預け、命を支える大切な品です。あなたに合った一品を選ばねばなりません」

藤田《ふじた》は懐《ふところ》から鍵を取り出した。

そして、用務室の一角に置かれた鍵穴付きの箪笥に歩み寄ると、開錠して箪笥の扉を開け放っていく。

「「⁉」」

夏子と英世は唖然《あぜん》とした。

箪笥に収められていたのは、杖。

洋杖、和杖。太身に細身。

飾りのない無骨な杖から、金細工が施された豪奢《ごうしゃ》な杖まで。

多種多様な杖がその姿を露《あら》わにし、夏子たちに異様な圧迫感を伝えてくる。

圧倒される二人の顔を見て、藤田は何やら得意げだ。

「これがこの身の趣味でして。ええ、世界中の仕込み杖の蒐集《しゅうしゅう》です」

「これ、全部が仕込み杖？」

「はいな」

藤田は多数の杖《つえ》の中の一本を持ち出す。

「例えばこちらは樫《かし》で作られた杖。外装には漆。杖の芯となる仕込み刃は、紀州の名のある職人が打ったもの」

続いて、別の一本を取り出す。

「こちらは鎌倉の世に打たれた古い刀を芯として、明治の終わりに作られた真新しい杖を体としております。初々《ういうい》しい体に老練な内面を忍ばせる、あなたと似通った面白い杖でありますよ」

「こちらは箱根の寄木細工師が、迸るインスピレーションに任せて作った代物。寄せ木細工のからくりを攻略することにより、ようやく抜刀ができます。またの名を『バカには抜けない刀』です」

さらにこちらは、と。

藤田が別の杖を取り出してきたので、夏子は制止する。

蒐集品の紹介に終わりの気配が見えなかったのだ。

このままだとエンドレスで語られる気がして、それは御免だった。

「この中のどれかを選んでいいということだな？」

「そうでもありますし、そうではありません」

「というと？」

「あなたが杖を選ぶのと同時に、杖もあなたを選ぶのですよ。杖とあなたの意見が一致した時に、杖はあなたのものになるでしょう」

「…………」

なんかもう、面倒くさい。

藤田は杖選びを神聖なる儀式のように捉えているようだ。

夏子からしてみれば、適度な重量と頑丈さがあり、取り回しに不自由しない長さの杖があればいいだけ。

杖と使い手が相思相愛にならなければいけないとか、そんなことはどうでもいい。

それを藤田ときたら、まるで杖と使い手の仲人《なこうど》のように、熱く語ってくる。

「必ずや、あなたのお気に召すものをお見せいたします。ええ、必ずご満足いただけますとも」

藤田は、夏子が満足するか否《いな》かに、蒐集家としての沽券《こけん》をかけていると言わんばかりである。

夏子への杖選びに対する姿勢が前のめりすぎる。

彼の熱意は、当事者である夏子以上だ。

「まずはこれを」

藤田から一本の杖を渡される。

真っすぐな拵《こしら》え。中に忍ぶ刃も直刀。素直な杖だ。

試しに振ってみる。

風切りの音に、適度な鋭さと重みを感じた。

重量も長さも丁度いい。

「いい杖だ」

夏子がそう言うと、藤田から「いえ、いけません」との言葉。

「いけない？」

「あなたが杖を気に入っても、杖があなたを気に入らなかったようです。相性が悪い」

別のにしましょう、と告げられる。

夏子としては大いに不本意である。

自分の一体どこにダメ出しされたのか知りたかったが、話を深掘《ふかぼ》りする前に、次の杖が手渡された。

こちらは、一本目の杖よりもやや重い。

重量級の打撃が出せるだろう。その分、スピードは犠牲になるか。

「まぁ、悪くはないな」

「杖はあなたのことがお気に召さなかったようです」

「また⁉」

なぜ無機物からダメ出しされなければならんのか。

どうにも釈然としないまま、杖選びは続く。

三本目もダメ。四本目もダメ。

五本目になったときには、夏子はすっかりむくれ面である。

「ダメですね」

五本目に対しても、藤田のジャッジは辛辣であった。

眼はギラギラとしており、妥協は決して許さないと言わんばかりだ。

この頃になると夏子は「藤田が俺のことを虐《いじ》めているだけなんじゃないだろうか？」と疑っていたのだが、あの目を見るに藤田は本気である。

夏子に意地悪をしているわけではなく、夏子に本当に合う杖を未《いま》だ探り当てていないようだ。

ふと。

夏子の眼が、簞笥の中に向いた。

一本の杖に目が向いたのだ。背広に似合いそうな洋杖。硬く太い造りで、ロンドンの石畳を突く衝撃にも耐えられそうである。

不思議なことに、夏子にとっては見覚えがある杖だった。

いや。

夏子はこの杖を知っている。間違いなく覚えている。

「ありえない」

自然と、呟《つぶや》きが口から洩《も》れた。

「なんでここにある？」

そう。

藤田の蒐集品として箪笥の中に眠っていたのは、かつてロンドンで使った杖と同一のものであった。

そしてその杖は既製品ではなくオーダーメイドのもの。

かつて、洋行する夏目漱石《なつめそうせき》のためにと、親友が用意してくれたものだ。

いや。

夏子はよく杖を見る。

この杖はまだ真新しいように見える。使用感がない。

英国に蠢《うごめ》く過激探偵愛者《ハイパーシャーロキアン》どもとの戦いで、杖に生まれた数多《あまた》の古傷。

それを眼前の杖に認めることができない。

活躍の場を知らぬままの、赤子のような杖だった。

ついでにいえば、英国時代に使っていたのは普通の杖である。

目の前にあるのは仕込みの杖だ。

それに――

「その杖にご興味が？」

藤田が不思議そうに尋ねてくる。

「以前に持っていた杖と似ているんだ」

ロンドン時代の杖は、ロンドンで得た心の病と一緒に日本に持ち帰った。

そしてその杖で、病んだ夏目漱石は妻や娘を殴ってしまっているのだ。

それ以来、娘たちは漱石の杖に怯《おび》えるようになった。

漱石はそれを深く反省し、業の深い杖を家の庭深くに埋めた。掘り返すことはなかったし、それ以降の戦いでは杖を用いることなく、銃と柔術で戦っていた。

だからこそ、この杖と巡り合ったのは奇縁といえた。

「この杖、もしかして中村是公《なかむらよしこと》という男と関係しているか？」

「よくご存じで」

――やはり！

夏子の胸には、懐《なつ》かしさがこみ上げてきた。

Ⓚ

中村是公は、夏目漱石の人生に古くから関わった男である。

南満州鉄道の総裁にまで上り詰めたこの男は、夏目漱石とは学生時代のルームメイトであり、互いに「是公《ぜこう》」「金《きん》ちゃん」と呼び合う親友であった。

二人が過ごした部屋は、広さ二畳。

狭い部屋に二十歳前の若さ溢《あふ》れる体を二人で押し込んで、互いに空間と時間と人生を共有し合っていた。

本を読む時も、寝る時も一緒であり、その分だけ交際も濃密になる。

互いに所帯や立場を持ってからは会う機会も減ったが、それでも中村は漱石の留学の折には旅先で役立つように贈り物をくれたし、漱石がロンドンで神経衰弱に陥った時には見舞いに駆けつけてくれたりもした。

さて、中村からの贈り物は、ロンドンの街を歩きやすくするための杖である。

これは非常にありがたかった。

そしてロンドンで夏目漱石が心の病に苦しんでいた時、中村が見舞いの品としてくれたのは大量のゴム製避妊具である。

これは非常に余計なお世話であった。

『金ちゃん。異国の女っていうのもいいもんだぜ？』

これは中村の言《げん》である。

『食わず嫌いしていないで、試してみろよ。きっと心も晴れるってもんさ』

これも中村の言である。

彼なりに親友の気晴らしの役に立つ道具を用意したつもりであったのだろうが、使いもしない避妊具を大量に押し付けられた漱石としては、ただひたすらに迷惑を被っただけだった。

後に漱石が武装組織・木曜会の司令官となって、政府との間で緊張関係が続いていても、どちらかといえば政府側であるはずのこの男は、あまり気にしていなかった。

『金ちゃん、温泉旅行に行かねぇか？』

『木曜会の活動で忙しい？　何をするのかよく分からんが、金が要るのか？　いくら？

俺の会社の金で工面できるぞ？　要らない？　あっそう……』

『で、話は戻るんだが、やっぱり温泉旅行に行かねぇか？』

中村は、木曜会の司令官である漱石を時折遊びに誘った。

漱石が木曜会を立ち上げた意味や、抵抗活動の裏にある作家たちの悲嘆などには疎《うと》く、
単純に親友との友誼《ゆうぎ》からくる親交を続けようとする中村は、木曜会のメンバーからの印象は悪かった。

それでも、漱石にとってはやはり得難《えがた》い友人であったし、その友人からの贈り物を土の下に封印してしまったことを、心残りに感じてもいた。


今、夏子の目の前に。

心残りの原因であった杖《つえ》と、うり二つの仕込み杖がある。

夏子が杖を手に取る。

すると藤田《ふじた》が杖の謂《いわ》れを語る。

「この杖は、中村氏という御仁が特注で作らせた守り刀です」

「守り刀？」

「はいな。何でも昔、中村氏は洋行に赴く親友のお守りにと、杖をお渡しになったとか。しかし中村氏の親友は、洋行の折に心を病んでしまわれた。この杖の物語は、ここに端を発します……」

話によれば、中村は親友が心の病を得たことを悔やんだという。

――贈った杖が、体だけでなく、親友の心まで加護してくれたらよかったものを。

そう彼は考えていたのだという。

時は過ぎ、彼はとある偉人の補佐を務めることになった。

偉人は常に命を狙われていた。

そして偉人は、それを苦にはしていなかった。

『命を懸けるだけの意義がある仕事だよ』

偉人は中村にそのように語り、中村は偉人の身を心配していた。

そこで中村は、偉人のために仕込み杖を贈ろうと考えた。

今度こそ、杖が持ち主の全てを守るよう、願掛けをして依頼をしたという。

中村の胸には、かつて洋行で気の毒な思いをした親友への後悔があった。

今度こそ、自分が贈る杖で誰かを守りたいという願いが燃えた。

だが、杖の完成は、偉人の最期《さいご》に間に合わなかった。

一九〇九年。偉人は大陸のハルピンで没した。襲撃を受けたのだ。

場には中村も居合わせていた。

中村自身も銃で狙われ、危うく負傷するところであったが、危険な現場の中でも偉人の救命処置に懸命に関わった。

その救命処置は偉人の命を救うに至らなかったものの、それでも絶命までの時を少々延ばした。

延長された僅かな時間の中、中村は偉人からの最後の頼みを聞くことができた。

偉人の喪に服した後、中村は偉人の頼みに沿って一人の女性に会った。

名を、津田梅子《つだうめこ》という。

偉人は教育に力を入れており、同じく教育に心血を注いだ津田梅子とは、歳《とし》の隔たりや立場を超えた同志であった。

『日ノ本の子女の教育を頼む。この国の未来を頼む』

中村は津田に、偉人からの言葉を伝えた。

津田は中村に厚く礼を言った。
中村はこのメッセージを伝えることで、偉人への奉公を締めくくった。

全てが終わった折、完成した杖が届いた。
時期が過ぎれば役に立たないものとして、六日の菖蒲《しょうぶ》と十日の菊が挙げられる。
この杖もまさに、活躍の場を逃した花と同じだった。
杖が守るべき偉人は、とっくに旅立ってしまった後だった。
——俺の杖は、またしても誰かを守れなかった。
中村は後悔で胸を焼かれる。
無念の象徴ともいえる杖を、手元に置いておくのは辛《つら》すぎた。
だから中村は杖を二束三文で売り払った。
その杖は古物商の店棚に数日居座って、その店を訪れた藤田に目を付けられた。
以来この杖は、その身に抱えた物語とともに、藤田によって大切に保管されていた。

Ⓚ

「そうか」

自分の手の中にある杖を見て、夏子は嘆息する。

「この杖は、是公の願いが込められたものだったんだな」

目線で藤田に許可を求める。

藤田が頷《うなず》いたので、夏子は仕込みの刃《やいば》を抜き放った。

「これは……」

抜き放たれた刀身は、美しいものである。

相手を守りたいという中村の願いが、この世に顕現したかのような印象を抱かせる拵《こしら》えだった。

音もなく納刀し、杖としての外面を整えた状態で保持。

ほんの数秒、場に沈黙の帳《とばり》が下りる。

刹那。

ギュオッ！

杖を用いた夏子の演武が場に展開した。

殴って、押し倒して、突く。

一連の挙動を一呼吸で行う。軽い。自分の神経が拡張し、そのまま杖の先にまで行き渡ったかのように、杖を自在に使いこなせる。

「ふぅっ」

最後にようやく息を吐けば、パチパチと拍手の音が迎えてくれた。

「素晴らしいことです」

藤田は皺《しわ》だらけの手で、何度も音を響かせた。

夏子が面映ゆくなるくらい、藤田の称賛はまっすぐだった。

「本当に良いものを見せていただきました。ありがとうございます」

「いや、こちらこそ良い縁と巡り合えた。感謝する」

杖は、すっかり夏子の手に馴染《なじ》んでいる。

昔から夏子の支えになっていたかのようだ。

この杖に、親友は「守りたい」という願いを託した。

願いは一度ならず二度も裏切られている。

果たして「二度あることは三度ある」なのか。

それとも「三度目の正直」なのか。

その答えを示すのは夏子だ。

杖を胸に覚悟を燃やす。この杖と共に、北里に挑むと。

案の定というべきか、藤田は夏子から謝礼を貰《もら》わなかった。

黄昏《たそがれ》時の人生であることは藤田自身理解しているらしい。

黄泉路《よみじ》に杖は何本もいらないから、どうぞもらってやってくれと言われた。

お言葉に甘え、杖は夏子のものになる。

「ご武運を」

「ありがとう」

親友の願いがこもった杖を持ち、夏子は悠々と用務室を退出しようとした。

英世《ひでよ》が何かを言ったが、良縁に巡り合えた興奮から、夏子は英世からの言葉——警句を聞き逃した。

扉を開ける。廊下に出る。

そして、たまたま廊下にいた女学生と対面する。

「あ」

夏子が目を丸くした時には、もう遅かった。

合わせ鏡のように目を丸くした女学生が、その頬を赤く染める。

興奮と恋慕の情で潤んだ目をした彼女が、情熱に溢《あふ》れる叫びを上げる。

「まぁ、なんということでしょう！　夏子先生がいらっしゃいましたわ！」

途端。

学校中から地鳴りのような気配がした。

『……夏子先生。夏子先生。夏子先生夏子先生夏子先生夏子先生夏子先生！』

『……モウ一度……あの時のお声を……聞かしてエ——ッ……………』

『……夏子先生夏子先生夏子先生夏子先生夏子先生……用務のお部屋の前にいらっしゃる夏子先生……っ！』

『どうぞ……どうぞお声をモウ一度聞かして……聞かして頂戴……聞かして……聞かしてエ——ッ』

塀の中の空間が、じっとりとした空気に支配される。

蠱惑《こわく》的でありながらも生理的な恐怖を覚える、そんな叫びが校内のあちこちから上がって、得体のしれない気配が近づいてくる。

急に頭の芯が痛くなった。

眼《め》だ。無数の視線に監視されている気がするのだ。

英国で過激探偵愛者《ハイパーシャーロキアン》たちに植え付けられた被窃視妄想。

それが再発する心地がした。

「バカ野郎！」

腕に鈍い痛みが奔《はし》り、我を取り戻す。

英世だ。腕よもげよと言わんばかりの剛力で夏子の手を引っ張り、懸命に出口に走らせようとしてくれていた。

「このままだと捕まるぞ！」

「分かっている！」

二人は追いすがろうとする女学生たちを振り切り、どうにか塀の外へと脱出したのであった。

安全地帯にたどり着いた後、英世から本気の説教を浴びたことは言うまでもない。

Ⓚ

慈恩宮《じおんぐう》に帰った瞬間、異変が二人を待ち構えていた。

家の外壁に緋色《ひいろ》のペンキでべったりと、数字の「3」が大きく描かれていたのだ。

「「……！」」

二人は緊張を共有し合う。

「どうやら北里の手の者が来たらしいな」

「この家があんたのアジトであることは、既に察知されているらしい」

この家を燃やして拠点を潰すこともできただろう。

それを、相手はあえて「3」とだけ描いて終えている。

相手には余裕がある。

狩られる側は夏子たちの方であると、たっぷりの余裕さが教えてくれる。

「3というのはどういう意味だ」

「余命宣告だろうな」

「誰の余命だ？」

「俺たちがクソガキを助けに行かなければ、クソガキの余命。俺たちがクソガキを助けに行った場合、俺たち二人の余命だと言いたいんだろうよ」

――上等だ。

杖《つえ》をきつく握る手は、燃えるような熱を持つ。

「武装のみならず、宣戦布告も我が師アーサー・コナン・ドイルの『緋色の研究』に準《なぞら》えてくるとは。いいだろう。こっちも全力で相手をしてやるまでだ」

「時間的な猶予はあまりないが、それでも皆無よりはマシだ。勝率を上げるための算段をつけるぞ」

勝っても負けても一文にもならないこの戦いに、英世も闘志を見せる。

筋金入りの守銭奴も腹をくくる状況。それが今だ。

北里との闘争は、夏子にとって「事件」という括《くく》りでは表せないものとなった。

――これはもう、戦争なんだ。

夏子は自覚し、緋色の数字を睨《にら》み続けた。

【脚気《かっけ》菌論争・貧民散布論】史実

かっけきんろんそう・ひんみんさんぷろん

脚気は日本の国民病とされており、死者も多かった。その中で緒方正規《おがたまさのり》が「脚気菌」を発見したと発表、森鷗外をはじめ東大関係者、陸軍関係者がこれを支持した。一方、イギリスで学んで海軍軍医総監となった高木兼寛《たかぎかねひろ》は食事が原因であると考えて鷗外らと対立する。北里柴三郎は東大出身だが高木を支持したことで立場を追われ、これが伝染病研究所設立のきっかけとなった。また、高木は公衆衛生学の分野でも、貧しい人々が公衆衛生を脅《おびや》かすという貧民散布論を主張し、そうした人々を都市から排除することを主張した。鷗外は人道的立場からこれを批判して、この点でも高木と鷗外は対立していた。

【北里柴三郎と帝国海軍】史実

きたさとしばさぶろうとていこくかいぐん

「脚気菌論争」で海軍を支持して東大を追われた北里は、その後も海軍との関係を維持していた。たとえば、北里のもっとも著名な業績にペストの研究があるが、1908（明治41）年に海軍が神戸沖で観艦式を挙行する計画を立てていた際に神戸でペストが発生しており、海軍は北里に感染状況についての調査を依頼して無事に式を行うことができた。

【中村是公】――史実

なかむら・よしこと

漱石の親友といえば正岡子規が有名だが、中村是公もその一人である。大学予備門の同級生で、学生時代は二人とも私立江東義塾で教師をしながら同じ下宿に住んでいた。帝国大学に進学した際に交流が途絶えるが、漱石のイギリス留学中に偶然再会、すでに官僚となっていいたために経済的に余裕があった中村が貧困にあえぐ漱石を助け、神経衰弱に苦しむ漱石になぜか避妊具を贈ったと言われる。また、中村は後に南満州鉄道の総裁となり、このときも漱石を満州に招待している。

【藤田五郎】――史実

ふじたごろう

新撰組きっての剣豪、三番隊組長として知られる斎藤一《さいとうはじめ》は、戊辰《ぼしん》戦争の際、他の隊士たちが退却する中で会津に残り、新政府軍の捕虜となった。その後、1874（明治7）年に藤田五郎と改名して警察庁に採用され、晩年まで政府の職に就くこととなった。

【日本陸軍の白米食と鷗外】史実

にほんりくぐんのはくまいしょくとおうがい

「脚気菌論争」で鷗外らの主張に従って白米を主食とした陸軍は、日清戦争で4千人、日露戦争で2万8千人の脚気による死者を出すこととなった。一方で、高木の指導のもとで玄米を主食とした海軍からは脚気による死者が出ていない。

【學天則】――虚構

がくてんそく

西村真琴《にしむらまこと》が技術を流出させた人造人間兵器。人間の脳を搭載することで、自律兵器としての真価を発揮できる。

COLUMN

五章　雷神《ドンネル》と世界蛇《ヨルムンガンド》

野口《のぐち》英世の左手は、いつも手袋で隠されている。

幼少期の事故で焼けただれたその手を、見た者は多くない。

彼自身が手を見せることを嫌っているからだ。

そして、誰にも見せぬ手の中には、誰も知らぬ物語がある。


『貧乏、おにぶくれ』

幼少期の英世は、他の子どもたちからそんな言葉を浴びせられた。

おにぶくれ——つまり、鬼膨れ。

赤子の時、寒さのあまり囲炉裏《いろり》に近づき過ぎて大やけどを負った彼の手は、熱により指の間の皮膚が癒着し、固くてゴツゴツした胡桃のようになっていた。

醜い彼の手を見て、子どもたちは嗤《わら》った。

いや、嗤ったのは子どもたちではない。

そもそも子どもの頭では「おにぶくれ」なんて言葉はひねりだせない。

子どもたちが「おにぶくれ」なんて言うのは、彼らの親が陰で英世のことを「おにぶくれ」と噂っていたから。子どもは親の言葉を真似《まね》たがるものだ。

そして英世は悪意に対して敏感であった。

子どもたちの裏には彼らの親がいて、自分は村中から嗤われているのだと、気付いていた。

嘲弄は多感な時期の自尊心を大いに傷つけた。

彼は恨んだ。

周囲の子どもたちを恨んだし、その親も恨んだ。

けれども、英世が心の底から恨んだ対象は別にいた。

彼が恨みの矛先を向けていたのは、自分の母親。

そして母が信じる神様であった。


英世は宗教二世である。

彼の母親は土着の神を信奉し、神の代理人を名乗る山伏に献金を行っていた。

極貧の暮らしをしている野口家に、山伏は各月で金を要求してきた。

その度に、敬虔《けいけん》かつ愚かな母は金を捧《ささ》げた。

全てを閉ざす猪苗代《いなわしろ》の冬を耐える暮らしで、山伏の説く言葉だけが母の慰めである。

彼の言葉の大半が嘘《うそ》であったとしても、確かに母の救いであった。

で、母は山伏に依存した。

山伏を通じた神の言葉が絶対であり、山伏に縋《すが》れば万事うまくいくと信じていた。

英世の左手が焼けても、母は悪い意味でぶれなかった。

『神様におすがりせねば』

焼けただれた息子の手を見て、母親は家中からかき集めた金を手に、そう言った。

母の掌《てのひら》にある金は、医者を訪ねれば最低限の治療を受けるに足る額である。

だが金は全て山伏の手に渡った。

山伏は苦痛で泣き喚《わめ》く英世に対し、なにやらムニャムニャと呪文を唱え、治療終了と言い放った。

当然、薬効なんてあるはずがないのだが、母はその言葉を真に受けて山伏に感謝し、金子を全て渡して深々と頭を下げた。

『なんもかんも、神様のお陰です』

母はそう言ったという。

英世《ひでよ》は、「おにぶくれ」と嗤ってくる村の子の一人からその話を聞かされた。
『お前の母様は、頭が軽い』
そう付け足して去っていく子ども。
彼の背中を見送る英世の頭に、言葉が反響する。
――なんもかんも、神様のお陰です。
――なんもかんも、神様のお陰です。
――なんもかんも、神様のお陰です。
その言葉を頭で咀嚼《そしゃく》し、一つの結論に至る。
『そうか』
少年時代の英世の心に、暗い炎が燃える。
『なんもかんも、神様って奴のせいか』
左手の治療を適切に受けられなかったことも、村の皆から嗤われるのも。
全ては神と、神を信じた愚かな母親の仕業である。
そう英世は判断した。
応報すべき相手が明確になり、爛《ただ》れた左手に力が籠る。
『俺は神を許さない』

ドス黒い感情を言葉にして吐き出せば、表情筋が歪《ゆが》んだ。

その時の英世の顔は、きっと鬼の形相となっていたことだろう。

復讐《ふくしゅう》の機会はやがて訪れた。

雪の日のことだ。

降り積もった雪をかき分けて、何か食えるものはないかと村を散策していた英世は、とある家の納屋《なや》に例の山伏の姿を認めた。

山伏は赤ら顔であった。いびきをかいて眠っていた。

大方、どこかの信者の家で酒をたらふく飲んだのだろう――『神酒《みき》奉じるべし』などと言って。

そして雪を凌《しの》げる納屋の中で酔い覚ましでもしているうちに、寝入ってしまったのだろう。

『…………』

無防備に寝ている山伏を見ていて、ふと思い立った。

積もる雪をひと掬《すく》いし、怒りを籠めて握る。

すると雪の蕎麦掻《そばがき》のようなものができあがった。

念のために、三つ、四つと雪の蕎麦掻を作った英世は、静かに山伏に歩み寄る。

深い眠りだ。それだけ酒を飲んだのだろう。

酔った男を冷めた目で見る英世は、大きく開いた彼の口の奥――喉へと向けて、雪の蕎麦掻を一気にねじ込んだ。

『……ン、ガッ？　ンゴッツ』

男の口から、潰れた呻《うめ》きがあがった。

『ゴ、ゴ、ゴゴゴ、カァッ』

ここでようやく男が目を覚ました。

酒気が状況把握を妨げているようだが、それでも息ができないことには気づいた様子である。

山伏は横向きの姿勢を取って赤子のように手足を曲げ、なんとか呼吸をしようと試みている。

その大きく開けた口に、英世は駄目押しの雪を押し込んだ。

『…………！』

酒気と息苦しさで定まらなかった男の視線が、ここではっきり英世に向いた。

少なくとも英世はそう感じていた。

『……ッ！　……！』

男が何かを乞うように英世に手を伸ばすが、英世は山伏に背を向ける。

数歩歩いて、ふと振り返ってみると、男が納屋の地面に人差し指を突き立てようとしていた。何かを書き残そうとしたらしい。

が、男の人差し指は冷たい土に触れたきり、動かない。

『俺を訴える気？』

英世は雪よりも冷たい声で語る。

『無駄だよ。あんた、俺の名前を知らないだろ？　自分が苦しめてきたガキのことなんて知ったことじゃなかったんだろ？』

死に際《ぎわ》の告発状なんて、この山伏には遺《のこ》せない。

彼は自分が苦しめてきた相手の名を覚えていないのだから。

苦しめてきたという自覚すらなかったのだから。

『さようなら』

酷薄な言葉が納屋に響いた。

英世は今度こそ納屋を後にする。

もう後ろは振り返らない。あの山伏の命運は決まったのだ。

末路を確認する手間も惜しい。

――それより食い物だ。

英世は雪中の食糧探索を再開する。

山伏への復讐は、英世の腹を満たすものではなかった。

彼の興味は食べ物へと移っていた。


翌日。

山伏の死体が発見され、村は大騒ぎとなった。

死体には外傷がなかった。

首を絞められた跡もなかった。

英世が喉に押し込んだ雪の蕎麦掻は、山伏の命を奪った後、命の余熱で溶けた。

溶けた後の水は山伏の口から零《こぼ》れ、納屋の床の土に染《し》みて消えている。

そのうち村長が隣町から警官二人を引っ張ってきた。

彼らが検分するところによれば、その山伏の死に事件性はなく、自然死ということであった。

『修行を積んだ山伏なのだから、肉体《にく》から魂を解き放つ術を会得《えとく》したのだろう』

警官の一人がそう言ったらしい。

この警官としては、科学の発達した明治の御代《みよ》において山伏なんて……という皮肉で発言したのだろうが、彼が去った後、彼の言葉だけが村を独り歩きした。

『あの山伏様は神様のところに行く術を試したのよ』

『首をくることもなく死ねたのがその証《あかし》よ』

人々は噂《うわさ》し合った。

噂には尾ひれがつき、足が生え、羽が生えた。

やがて英世のところに伝わってきた頃には、噂はとんでもない姿になっていた。

『あの山伏様は、厳しい修行を積まれた』

『その甲斐《かい》あって、山伏様の魂は磨かれ、神になった』

『そして新たな村の守り神として、肉体を捨てて御山《おやま》に昇られた』

『この村は今後豊かになる。神となった山伏様が見守ってくださるから』

とまぁ、こんな具合だ。

誰も殺人を疑わなかったことに、英世は呆《あき》れ果てた。

そして村を捨てる決意を固めた。

——あんな野郎に見守られたって、この村が豊かになるもんか。
——豊かなのは村の奴《やつ》らの想像力だ。
——貧しい村に住む貧しい知識の奴らの間では、迷信だけが豊作だ。
——俺はそうならないよう、早々に村を出よう。
——そして学問を修めるのだ。

山伏を巡る騒動は、英世の人格形成に三つの影響を与えた。
一つめは、神に対する反逆心の醸成である。
英世は山伏の死を通じて、自分の人生を呪った神を殺したつもりでいた。
彼の中で、山伏の死は単なる殺人ではなかった。
山伏の中に存在していた神を葬《ほうむ》る——殺神であった。
あの雪の日に、英世は神殺しの経験を得た。神に対する禁忌を躊躇《ためら》わなくなった。
同時にそれは、神に甘える術《すべ》を失ったことを意味していた。

二つめは、殺人に対する忌避の払拭《ふっしょく》である。

殺人という選択肢は、英世の人生において強力な切り札になった。

三つめは、医者への憧憬である。

他人の生殺与奪を握るという経験は、英世に暗い興奮をもたらした。

世界は平等ではない。差別や格差がそこかしこにある。富める者は更に富み、貧しき者は更に飢える。

しかし命の価値は平等だ。

あるいは、命だけが平等だ。

不平等な世において、命が一つしかないという点は人類みな等しい。

その命を自在に操る。これ以上の愉悦はそうあるまいと、英世は思った。

だから英世は医術に興味を持った。

まともな考えではなかったし、案の定、英世はまともな医者にはならなかった。

英世《ひでよ》には一度、まっとうな医者としてやり直せるかもしれない機会があった。

その機会というのが、北里柴三郎《きたさとしばさぶろう》への師事だった。


英世は上京した。

その頃には洗礼を受けてキリスト教徒となっており、土着宗教とは決別している。

彼は首から十字架を下げていた。

白衣を着ていたが、内心のドス黒さは悪魔めいていた。

ガワは白。腹の底は黒。陰陽ない交ぜの、白い悪魔と形容できる男であった。

さて、北里柴三郎の研究所で働き始めた白い悪魔こと野口《のぐち》英世だったが、上級生との間でトラブルが生じることが多々あった。

英世は研究者としては非常に優秀であったが、人格面で難があった。

他者と何かを分かち合おうとしなかったのだ。

外国から輸入された貴重な書物を読み（英世は語学が堪能《たんのう》である）、珍しい知識に触れることがあっても、それを級友たちに伝授するということをしない。

むしろ「自分だけが知っていれば、自分の価値が上がる」と考えて、自分が読んだ本は早々に廃棄するような男であった。

更に、英世自身がかつて村の面々からバカにされていたことから、コミュニティへの信頼感が薄かった。そのことも英世と周囲の摩擦を強めた。

英世は研究所内で孤立を深めていった。

そんな英世の孤独に寄り添った男がいる。

それが北里柴三郎であった。


『それが貴様の手か』

北里と初めて出会った日のことを、英世はよく覚えている。

西日が強い夕暮れだった。

研究所の洗い場で一人、試験管を洗っていたところ、北里に声をかけられた。

それまで北里とは何度も会っていたし、北里から「ホッホッホ。君が野口君か。日本の医療のために頑張ってくれたまえ」などと言われ、肩を叩《たた》かれたこともあった。

だが、その日の北里は雰囲気を異にしていた。

貴様という呼びかけからして、普段とは違う。

ただならぬ気配を肌で感じ、北里が余所《よそ》行《い》き面を捨てた「本性」を露《あら》わにしているのだと気付いた。北里柴三郎という男に初めて触れた気がした。

『常に手袋で隠した手が気になってはいたが、なるほど』
試験管を洗うにあたり、手袋は外していた。
火傷《やけど》で爛《ただ》れた皮膚が露わになっている。
その手を見られたとなった時、英世の心には冷たい風が吹いていた。
――さて、何を言う？
英世は北里の次の言葉を待った。
北里がこの手をどう評価するかによって、英世の動きも変わる。
もしもこの手を僅かにでも嗤《わら》った時は――
英世は冷たい決意を胸に宿した。

『鬼の手だな。いい医者になれるぞ』

……？
北里から放たれた言葉は、英世の判断を迷わせた。
まず「鬼の手」という言葉を、負の言葉であると判断した。
続く「いい医者になれるぞ」という言葉は、正の言葉である。

侮辱と称賛がいっぺんに殴りかかってきたので、対応の仕方が分からない。

英世が固まっていると、北里が呆れたような声を出す。

『なんだ貴様。鬼手仏心という言葉を知らんのか』

『知りません』

『医者の手は鬼の如《ごと》く患者を切り裂き、しかし仏の心のように患者を救う——という意味だ。これしきのことは覚えておかんか、バカ弟子め』

——バカ？

英世は目を丸くした。

金銭的には常に貧しかった身であるが、学は常に肥えていた。この研究所においても上級生より学は立っていたはずだ。

そんな自分をバカ呼ばわりする男がいたことは、英世にとって新鮮な体験である。

『改めて、いい手をしている』

北里はじっと英世の手を見ている。

『苦痛を味わったことのある手だ。このような手の持ち主なら、他者の痛みを我がことのように受け止めることができるだろう』

——そうか？

英世は頭の中に疑問符を浮かべる。

他人の痛みについて、我がことのように思える人間であったためしなどない。が、それをこの場で言い出すほど野暮ではないつもりであった。

『ところで貴様、いつになったら試験管を洗い終える』

北里は作業の終わりに興味があるらしい。

『あと二十分ほどかかります』

『十五分で終わらせろ。寿司《すし》が温まってしまう』

『寿司？　出前をとったんですか？』

『貴様の分もな。さっさと終わらせて部屋に来い』

この日、英世は初めて江戸前寿司というものを食べた。


その日以降、北里は英世に何かと目をかけてくれるようになった。

英世は名実ともに北里の弟子となった。主な仕事は北里の論文の翻訳で、校正作業にも携わった。

偉大なる医の巨人に師事するなかで様々な知識や技術を会得した。

それにより、英世の人間性にも変化が生じて周囲と穏便にやれるように……なんてことにはならない。

野口英世はどこまでいっても野口英世である。

彼は自分が会得《えとく》した知識や技能を他者に渡すことについては消極的なままであったし、コミュニティへの信頼感も相変わらず薄かった。

それでも、コミュニティから外れて「個人」としての北里柴三郎は信用していた。

更に研究所の同僚という枠組みではなく「個人」としての付き合いなら、同僚や先輩とも一定の付き合いを持つようになった。

人間的には小さな一歩である。

だが、英世という男にとっては大きな一歩であった。

英世は北里の指導の下、メキメキと頭角を現していく。

そのうち英世は北里を信頼するようになった。

北里の武勇伝――香港《ホンコン》で現地の宗教勢力を叩き潰しながらペスト菌を見つけ出した『死神殺しの物語《ゴッドハント・テイル》』作戦も、英世が北里に親近感を抱く理由になった。

神だのなんだのに反逆心を持つ英世にとっては、心地よい講談であったのだ。

北里も英世を何かと頼りにするようになった。

ある日、北里は所長室に英世を呼び出し、告げた。

『貴様、嫁を取れ』

その言葉を聞いた瞬間、英世は所長室から離脱しようとした。

が、一つしかない部屋のドアはなぜか開かなかった。

まるで事前に北里の命を受けていた同僚や先輩が部屋の外からドアを封鎖し、英世の脱出を阻止しているかのような――そんな不自然な閉ざされ方だった。

『ワシが持ち込む縁談から、逃げられるとでも思ったか？』

北里の準備は完璧であった。

この部屋はすでに、独身貴族のための刑場として機能している。

英世が部屋から出るためには、この話を受けるしかないのだ。

『そう嫌がるな。これが相手の写真だ』

北里は一枚の写真を取り出す。

見てみれば――まぁ、品の良い美人さんである。

『斎藤《さいとう》家の、ます子《こ》嬢だ。医者になることを志す身でな。今後は貴様と共に二人三脚で、研究所を更なる高みに導いてもらう』

その言葉に、ただの縁談以上の何かを感じ取った。

『どういう意味でしょうか？』

英世が問うと、北里は豪快に笑う。

『ワシは将来、この研究所を貴様に任せようと思っておる！』

『なんですって？』

『まぁ聞け。ワシはな、日本の医療改革を考えておる』

英世は頷《うなず》いた。

北里が医療改革を考えているというのは周知の事実である。

が、それにしても研究所を英世に託すというのは話が突飛過ぎた。

『ワシが今日まで、世界各国の研究機関のスカウトを蹴ってこの国に留まり続けたのは、この国の医療を担《にな》う杖《つえ》となるためである。そのためには権威を要する。日本で史上最高の医療の組織の創造主となることこそ、ワシの考える国家百年の計よ。ワシはそれに注力したい。だから研究所を率いる、新たな力が必要だ』

『…………』

『野口。貴様は人間性には難がある。しかし、貴様のような尖《とが》った男でなければ成せない業績というものも世の中にはあるのだ。だからワシは貴様に研究所を任せようと思う』

北里の眼差《まなざ》しは輝き、言葉には熱が宿っている。

『研究所の運営には資金が必要だ。出資者のアテはあるが、出資者は当然、組織の新たなトップが出資に値する者か、その軽重を問いたがるだろう』

『今の俺では不足ですか?』

『ああ。まず、嫁がおらん。一家を担う胆力がない男がどうして組織を担えようか。だがこれは解決だ。たった今、解決した。貴様には美人の嫁ができた。めでたい』

『………』

まだ封建主義の色が根強いこの時代において、師匠の命は絶対である。

北里は帝国大学の師に逆らっていたが、自身への反逆は許さなかった。

で、英世《ひでよ》は北里の弟子にあたる。

つまり、この場で許されるのは「御意」の一言のみである。

『御意』

英世は言った。

北里は満足そうである。

『うむ。で、もう一つ。貴様には箔《はく》がない』

『箔』

『そう、箔よ。こいつにならら金を出してもいいと思わせるような、実績が足りん。そこで貴様には実績を作ってもらうことにした』

そう言う北里から手渡されたのは、業務命令書である。

『横浜防疫所……清国《しん》……』

内容に素早く目を通し、英世は師の顔を見る。

『俺に清国に行けと？』

『清国では今、義和団という宗教結社が活動を盛んにしているという。キリスト教に迫害された者たちが集う義和団は、外国文化を受け入れん。早晩、彼らは清国内にある西洋系の病院を破壊しようとするだろう』

北里の表情が少しだけ陰る。

『そして何より……かつて香港のペストを抑止するために、ワシに協力してくれた香港の行政庁にいる数多《あまた》の中国人たち……彼らもまた、外国に協力した裏切り者となり、義和団の標的になる』

『俺は防疫官として横浜と清国を往復しつつ、義和団に狙われる外国人や中国人の脱出を手伝うと。なるほど、逃がし屋というわけですか』

『能《あた》うか？』

『もちろん』

英世が大きく頷くと、北里の顔が綻んだ。

『危険が伴う仕事だ。だが、危険を乗り越えた時、貴様はワシに次ぐ新たな英雄となる。頼んだぞ』

『承知しました』

英世が胸を張ると、北里が大きく手を叩《たた》いた。

すると、先ほどまで閉ざされていたはずのドアが開き、多くの白衣姿の者たちが乱入してくる。

英世の同僚や先輩たちだ。

彼らは『結婚おめでとう！』『研究所は頼んだぜ！』『必ず生きて帰れよ！』などと口々に言いながら、英世に拍手を送ってくる。

『みんな……』

英世は困ってしまったが、いや、と思い直す。

戸惑い顔なんて、この場面には似合わない。

最もふさわしい表情があるはずだ。

そう思えば、自然と顔に笑みが浮かんだ。

英世は大声で、場にいる面々に誓った。
『約束するよ！　俺は必ず、生きて帰ってくる！　そして嫁さんと添い遂げるんだ！』
ワッ、と場が沸いた。
『よぉし！』
北里も負けじと声を張り上げる。
『場に集う白衣の戦士たちよ！　病魔と闘う恐れ知らずどもよ！　今夜は宴《うたげ》だ！』
喧騒《けんそう》がピタリと止《や》んだ。
場に集う面々が（もちろん英世を含め）、北里の顔をじっと見る。
北里は戸惑ったように面々を見渡し、それからふと思い出したように付け足す。
『今日の飲み代は、全額経費で支払う！』
『『イェアアアアアアアアアア‼』』
絶叫が轟《とどろ》いた。
その日の宴は豪華だった。無礼講で、盛り上がった。
歌って、踊って、疲れ果てた。
誰もが皆、その場で眠ってしまった。

『…………』

宴が終わり、真夜中。

英世は研究所の門の前にいた。

大量に酒を飲まされていたが、まったく酔っていなかった。

いや、酔えなかったというのが正しいのだろう。

彼の頭は冷えていた。心はもっと冷えていた。

熱帯びる宴席の中で狂乱を演じてはいたものの、心の中は故郷の——あの凍り付いた猪《い》苗代《なわしろ》の冬のようであった。

約束の刻限になった。

俥《くるま》が時間通りにやってきたので、乗り込む。

俥引きに頷きかけると、相手もまた頷きを返して走り出す。

油を軸に沢山塗ったと見える俥は、夜の街を音もなく駆ける。

仄《ほの》かな灯《あか》りが行く手にある。一軒の料亭だ。

肴《さかな》は三流、酒は二流、座敷《ざしき》遊びなら一流という、好事家《こうずか》には知られた店。

待ち合わせ場所としてここを指定されたのは、いささか驚いた。

かの人物は、こんなところに縁はないと思っていたからだ。

——いや、むしろこの場所なら、あの人がいるとは思われまい。

そう思いながら英世は俥を下りた。俥引きに料金は支払わない。恰好《かっこう》や商売道具こそ本職に寄せているが、この俥引きからは剣呑《けんのん》な気配がした。

おそらくは軍人であり、英世をここに連れてくるため一夜限りの俥引きを演じていたのだろう。

料亭に入ると、誰も客はいなかった。

ただ女将《おかみ》と思《おぼ》しき人物が待っており、「こちらへ」と英世を誘導した。

『この先にお一人でお進みください』

奥に向かう廊下の途中で、女将は足を止める。

言われたとおり、英世は一人で奥の間に向かった。

到着する。ふすまを開ければ、中で一人の人物が待っている。

『よく来てくれた』

陸軍に所属する軍医・森鷗外《もりおうがい》。

ゆらゆらと揺らぐ部屋の灯りとは対照的に、彼の背筋は天を突くかのように真っすぐで、一切の揺らぎなく場に在った。

『お待たせしました。ドクトル・ニルヴァーナ』

英世は深々と頭を下げる。
『何か飲むかね？』
『いいえ。十分に飲まされました。酒気も晴らさぬ参上になり、申し訳ありません』
『構わんさ』
二人は向かい合って座る。
彼らの前には簡素な膳が用意されていた。
しかし二人は酒や肴には目もくれない。
鷗外が懐《ふところ》から煙草《たばこ》を取り出すと、英世が阿吽《あうん》の呼吸でマッチ箱を取り出す。
『助かる』
鷗外が口にする煙草に火を与える。
うっすらと紫煙が昇った。密談の始まりだ。
『早速ですが、北里に動きがありました。医療改革に本腰を入れるようです』
『ほう』
『あの男は、研究所を俺に引き継がせる算段を立てています』
英世は業務命令書を取り出して、鷗外に仔細《しさい》を説明した。
『なるほど。君は清国に行くことになる……と』

『義和団が蠢《うごめ》く清国での人命救助により経歴に箔をつけ、研究所を引き継がせる――あの男らしい画《え》です』

英世はそこで、鷗外にじっと見つめられていることに気付いた。

『何か？』

『まだ私に報告していないことがあるのでは？』

『そのようなものは……』

『結婚おめでとう』

ニヤリと笑う鷗外を前に、英世は呻《うめ》く。

『……ご存じでしたか』

『斎藤《さいとう》家のます子《こ》さんは、器量も気立ても良いと聞く』

『からかわないで下さい』

『本気で言っている』

鷗外の眼《め》は真剣そのものだ。

『君はこうして私に接近し、北里柴三郎《きたさとしばさぶろう》の情報を流してくれる。それはありがたい。が、君の本音はどうなんだね』

『本音？』

『北里柴三郎は君を本気で買っている。それは君も気付いているはずだ。研究所を継がせる件にしたって、君にとっては悪くない話のはず』

「………」

『ます子さんとのご縁については、私だって良縁だと思う。君もそう感じるだろう？』

「………」

『私は、あの男ほどには君に報いることができない。君は、君自身の幸せを追い求める道もあると思う』

鷗外は封筒を差し出した。

受け取ってみれば、ずっしりとした重さを感じる。

中身は察せる。大量の紙幣だ。

『今までの情報提供に対するお礼だ。君が幸せを望むのであれば、私への協力は忘れて、この金でます子さんとの縁談を進めたまえ。ゆくゆくは研究所のトップとして、この国を病魔から守る。それもまた、医者としての美しい収まりどころだ』

「………」

英世《ひでよ》は暫《しばら》く黙した。

そして、自分でも獰猛《どうもう》だと分かる笑みを浮かべた。

『俺にとっての幸せとは、金です』

ですが、と続ける。

『神を殺すことは、金を稼ぐ以上に喜びがある。復讐《ふくしゅう》というのはこの世のどんな甘味よりも甘いもの。今や神の座を狙う北里柴三郎を潰す……これもきっと甘美でしょう』

『君は彼を信頼しているはずだ』

『ええ、信頼していますよ。だからこそ許せなかった』

英世は暗い声で独白する。

『あの男は本当に凄《すご》い。情熱も、正義感も、克己心《こっきしん》も、何もかもが超一流だ。そんな男が貧民散布論を掲げる高木《たかき》と組まなきゃ帝国大学と張り合えない？　そんなわけがない！』

言葉尻が乱暴になる。

胸の奥に滾《たぎ》っていた怒りが、つい口から溢《あふ》れた。

『あの男は一人でも帝国大学と渡り合えたはず！　だがあいつは神の座への歩みを堅実なものにするため、高木なんかと手を組みやがった！　それが俺には我慢ならない！』

英世は極貧の生まれである。

だから貧民散布論で排除される者たちが辿《たど》るだろう末路が、他人事《ひとごと》と思えない。

そして英世は鷗外と同じく、貧困の中で懸命に舞った樋口一葉《ひぐちいちよう》のファンであった。

樋口一葉は文学を通じ「生きていくとはどういうことか？」と世に問いかけた。

その問いかけを無視し、挙句に踏みにじった高木の貧民散布論は、英世にとって特大の火薬庫であった。

その貧民散布論に肩入れする形となった北里を、英世は許せなかった。

英世は、北里の理念の崇高さや必要性を理解している。

その理念を実現するためにどうしても高木と組まなければならなかった――これなら納得もできたのだ。

だが、英世は北里を信頼している。その実力も評価している。

故に分かる。

北里は高木と手を組まなくても、理想を成しえるだけの実力はあったはずだと。

それでも高木と手を組んだのは、入念な準備を重んじる北里の性格のため。

それを英世は「妥協」と受け止め、北里の姿勢を見咎《みとが》めたのだ。

『俺は神を許さない』

少年時代に呟《つぶや》いた言葉が、今なお英世の心の中に刻まれている。

『そして、神となるために貧民散布論に肩入れした北里柴三郎も許さない。だからあなたに協力するんです。これまでも、これからも……』

英世は大金の入った封筒を、鷗外につき返した。

そして見解を述べる。

『北里柴三郎は強気です。裏にはやはり海軍がいる。これ以上、北里を優位に立たせれば海軍にいる高木の貧民散布論の実現も現実味を帯びます』

『だろうな。世間は今、極東を巡る不安定な政情から土地への投資が冷めている。だが、仮にロシアと不可侵条約を結ぶか、あるいは日露で戦争が起きて日本が勝った場合は一体どうなる？』

『戦費に割かなくてよくなった金が投資に回るでしょう。土地が高く売れるようになり、帝都中が土地の確保に躍起になりますね』

『そうだ。投資家はおろか行政までも、土地を得るため貧民街から貧民を追い出し、土地を我が物にしようとするだろう。その支えとなるのが貧民散布論だ』

『そして追い出された貧民たちは飢えて大量に死ぬが、世間はそれを記憶も記録もしないだろう……と』

『そうなるだろうな』

二人は頷《うなず》き合う。

『やはり北里柴三郎の足を挫《くじ》くべきです。このまま歩ませるのは危険だ』

『手はあるかね？』

『あります。それには陸軍の協力が必要ですが……』

『もちろん手は貸すとも。だが危険だ。北里柴三郎の強さは理解できているだろう？』

『ええ。裏切りを知られれば粛清されるでしょう。だからあの男の手の届かない場所で、裏切ることにします』

深夜の密談は続く。

誰にも知られることなく、ひっそりと事は運ぶ――


一九〇〇年五月。

北里の命により清国に派遣されていた英世からの連絡が、研究所内を動揺させた。

『義和団の動向益々《ますます》苛烈なるも、ロシア衛生隊の求めに応じ、ロシア衛生隊と共に清国でペストの抑止任務を継続する』

この頃、北里は英世に帰国命令を出していた。

義和団の活動は想像以上に苛烈であり、これ以上清国に留まるのは危険であった。

また、北里の進める医療改革に向けて、英世に研究所を継ぐ準備をしてもらいたいという理由もあり、帰国命令は出された。

それを英世は蹴ったのだ。

報告を受け取った北里は苦々しい顔をしたが、ロシアからの依頼に応じたとなれば、現地に留まる理由としては十分。

何より、ペストを防ぐためだというのならやむを得ない。そう考えた。

北里にとってペストの抑止は人類事業であった。

ペストを英世が防げば、英世の名が世界的に高まることも期待していた。

――なるべく早く、そして無事に帰ってこい、野口。

北里はそう念じていたという。

が、その念は最悪の形で裏切られることになる。

一九〇〇年十月。

海軍所属の軍医・高木が真っ青な顔で、北里を訪ねてきた。

彼は海軍が入手したとある情報を持っていた。

他言無用である……というより絶対に表に出してはならないと、高木は前置いた。

そして北里は高木から、衝撃の情報を聞かされる。

——北里柴三郎が派遣した野口《のぐち》英世は、ロシア衛生隊と医療活動に当たっていた。

——だがロシア衛生隊は全滅。

——野口英世の手にかかったものと判断される。

その報を聞いた瞬間、北里の顔面から血の気が引いた。

報告には続きがあった。

——なお、ロシア衛生隊の正体は、清《しん》国内の義和団を煽《あお》って政情不安を引き起こし、清国にいるイギリスと日本の勢力を排除しようとしたロシア過激派の工作員である。

——清国内で暗躍していた彼らの活動の阻止は当然のことであるが、野口英世の暴挙はロシアとの緊張を高めかねず、極めて危険である。

——ロシアも本件を秘密裏に処理。野口英世を処罰する必要はない。

——しかしながら、野口英世の派遣の妥当性について多大な疑義が生じており、派遣の経緯を含めて詳細な調べが必要。

そこで報告は終わる。

高木は冷や汗を流しながら「どうして殺人鬼なんかを派遣した?」だの「事前に相談をしてほしかった」だの、今更ながらの言葉を吐く。

北里は野口の動きに一切関与していない。高木に文句を言われる筋合いもなかった。

だが、これは北里にとって由々《ゆゆ》しき問題である。

表沙汰にならない闇の案件ではあるが、北里の責任問題になることは確実。

そして北里が進める医療改革が大きく後退することも、確実であった。

北里の握る拳には青筋が浮かんでいた。

食いしばった歯の隙間から、獣の唸《うな》りのような声が生まれる。

『……野口英世を……あの大バカを……至急ここに連れてこねば……』

喉の奥から言葉を絞り出す北里だが、高木は首を激しく横に振る。

『彼は日本には戻らない。清国に侵入していたロシア人工作員たちを皆殺しにした挙句、米国に留学してしまった』

『何ィ⁉』

『更に、斎藤《さいとう》家から結納《ゆいのう》金として多額の金品を受け取った直後、婚約破棄だ』

これはもう、結婚詐欺師の所業である。

縁談を取りまとめた北里柴三郎《きたさとしばさぶろう》の沽券《こけん》に関わる、究極の裏切りであった。

――誰だ？

北里は麻痺《まひ》しかける思考を懸命に回した。

――こんな大胆な仕出かし、あいつが単独でできるはずがない。少なくともロシアの工作員たちの情報を仕入れ、あいつに伝えた者がいる。それこそ正式な諜報《ちょうほう》部隊さながらの能力を持った……

そこまで考え、また呻《うめ》く。

清国に根を張って情報を得られる諜報部隊など、考えつく限りでは帝国陸軍くらいである。

そして陸軍には、北里と因縁を持つ相手がいた。

――やはり貴様か、森林太郎《もりりんたろう》！

北里は、英世《ひでよ》の裏には鷗外《おうがい》がいたことを看破した。

だが、今更どうしようもない。

既に英世は米国に逃れ、北里の手の届かないところにいる。

北里にできることと言えば、英世による結婚詐欺の影響が他の縁談にまで波及しないよう気を配ることくらいだ。

『やってくれたな、バカ弟子……！』

北里は激怒した。

日本の医療を託そうと思っていた弟子は、日本の医療に背を向けて世界に飛び立ってしまった。

かつて宴席で『必ず戻ってくる』と誓いを立てていたが、あれは虚言《そらごと》だった。

彼は猫を被《かぶ》っていただけだ。その内面は神をも欺く蛇だった。

——世界蛇《ヨルムンガンド》。

北里の頭のなかにそんな単語がよぎる。

北欧神話に登場する巨大な魔物。大蛇とも龍とも伝えられる。

幼少時に神々によって殺されそうになった恨みを忘れず、いつか訪れる神々の黄昏《ラグナロク》においては、最強の神を討ち取る役目を司《つかさど》るという。

——そうか。

北里は己の甘さを呪った。もっと早く気づくべきだった。

病魔との戦いに躍起になっていて、油断した。真の魔物は身内にいたのだ。

——ワシはあのバカ弟子を……野口英世を見誤っておったということか。

北里のなかで、英世への認識が変わった。
弟子という立場から、油断のならない魔物へと変化した。
――いつか奴《やつ》がこの国に舞い戻ってこようものなら、討たねばなるまい。
北里は誓いを立てる。
どれほど手強《てごわ》くても、必ずや不肖の弟子を討伐すると。
そして時は流れ、因果は再び北里と英世を結びつけた。

Ⓚ

東京・丸山福山町にある慈恩宮《じおんぐう》に、朝日新聞が配達された。
新聞の一面にべっとりとしたインクで「１」と書かれている。
「ついに明日か」
新聞を手にする夏子が呟《つぶや》く傍《かたわ》らで、英世は静かに過去の記憶に思いをはせていた。
師・北里柴三郎との因縁。
正義があるとしたら相手側だ。
北里は日本国民の生命のため動いている。英世を突き動かすのは過去の呪いだ。

英世は自分の行動に正義があるとは思っていなかった。

闇医者に正義など必要ないと割り切っていた。

いや、割り切っていたはずなのだ。

それなのに北里との決戦が迫るにつれて心が揺らぐ。自分の選択は正しいのかと。

気持ちが揺れると、昔のことを思い出す。北里に師事していた時の記憶は鮮やかで、今なお蘇《よみがえ》る。

――バカバカしい。

心中で、柄にもなく感傷的な自分を冷笑した。

――今更過去に戻れるものか。割り切って進んだ闇の道だ。

自分の心に何度も言い聞かせる。もうあの日々には戻れないのだと。

「おい、ラトルスネーク」

傍らから声がかかった。

夏子が心配そうにこちらを見ている。

「お前、まだ傷が痛むのか？」

「いや。俺は問題ない。そういうあんたこそどうなんだ」

「心の傷が痛む」

「心の傷？」

「昨日のカウントダウンのことだ」

ああ、と英世は気のない相槌《あいづち》を打つ。

昨日のカウントダウンは野良犬《のらいぬ》であった。

犬の頭に数字の「２」を書き、慈恩宮に飛び込ませてきたのだ。

腹の中に爆弾でも仕込まれていたら一大事なので、二人は懸命に犬を追い返した。

しょぼくれた表情で去っていく犬の顔を思い出したのだろうか、夏子はため息を吐《つ》いている。

家から追い出される犬の姿に、過去の自分を重ねたのであろう。

その夏子が主張してくる。

「今度あの犬と出会えたら、飼ってあげようかと思う」

「勝手にしろ」

「名前は『ヘクトー』にしようと思っている」

「勝手にしろ」

「ちなみにヘクトーというのはギリシャ神話の勇者の名で……」

「勝手にしろとは言ったが、解説しろとは言っていない」

英世は舌打ちを堪《こら》える。

夏子というのは繊細なくせに、変なところで図太いのだから始末が悪い。

明日にはいよいよ死闘だというのに、野良犬のための名前に気をやる余裕がある。

これではまるで、英世だけが空回りしているみたいではないか。

「そもそもあんた、猫には名前を付けなかったくせして、犬には名前を付けるのか」

「むぅ……まぁ、猫なんてのは名前を呼んでも来てくれない。だけど犬は名前を呼んだら来てくれる。だったら立派な名前を付けるべきだろう」

夏子はよく分からない理屈を並べてくる。

――文豪ってのは、やっぱり頭おかしいな。

そんなことをぼんやりと思う英世であった。


時計の針は回る。約束の時はいよいよ迫る。

多くの利害と正義が衝突する感染症研究所は、再び戦いの舞台と化す。

北里柴三郎との決戦は、近い。

六章　決戦

決戦の日の空は曇り、北風が荒々しく吹いている。

夏子と英世は研究所の門前に立ち、伏魔殿となった研究所を睨《にら》んでいる。

先日は看護服を着て潜入した。

今日の夏子の装《よそお》いは、いつもの華美な服である。

もう潜入など無意味。互いに荒事になると承知しているのだから、己を昂《たかぶ》らせる服で突撃する。そう決めていた。

「職員の姿はないな」

傍らで英世がポツリと呟く。

おそらく北里は、夏子や英世によって職員が人質にされることを警戒したのだろう。

「北里はおそらく一人で、例の地下で待ち構えている。そこにはあのクソガキもいる」

「敵が待ち受ける地下に誘い込まれる形になる……か」

夏子は手にする仕込み杖《づえ》の感触を確かめた。

親友の念が籠ると言われた杖は、実に手に馴染《なじ》む。

これから行われる激闘の良い支えになってくれるだろう——そう思えた。

一応、自動拳銃も持ってきており、弾倉には殺傷用のダムダム弾が待機している。とはいえダムダム弾の柔らかな弾頭では、北里が操る緋色の研究《スカーレットワークス》の突破は不可能。今日の主役は、やはり仕込み杖となるのだ。

「戦いの前だが、もう一度言っておく。北里柴三郎は強いぞ」

英世から念を押される。

昨日もそんなことを言われたし、決戦前の今、やはり釘《くぎ》を刺してきた。

「分かっている」

「あんたはまだ分かっていない」

「奴の異常な戦闘力はこの身で思い知っている」

「今の俺は、戦闘力の話をしているんじゃない。責任感の話をしている」

「責任感？」

「あの男は医者として、過去に幾つもの決断を迫られてきた。投薬が必要な三人の患者がいるのに、薬が一人分しかない……そんな局面を重ねてきた。誰か一人の命を救うということは、他の二人を見捨てるということだ。それでも北里柴三郎は、決断するという重圧に苦しむことはあっても、最後には必ず決断をした。責任から逃げなかった」

自分だったらどうするだろうか、と夏子は思った。

「………」

ふと、過去の出来事を思い出す。

昔、夏目漱石《なつめそうせき》の門下であった作家・芥川龍之介《あくたがわりゅうのすけ》が『トロッコ』という短編創作を持ち込んだことがあったのだ。

短編『トロッコ』は、トロッコに惹《ひ》かれる八歳の少年・良平《りょうへい》の物語である。

良平はある時、小田原《おだわら》と熱海《あたみ》を繋《つな》ぐ鉄道工事の現場にて、大好きなトロッコに触れる機会を得る。

ちょうど良平が線路の分岐器の傍《そば》を通りかかった時だった。

線路を走っていたトロッコが制御不能になった。このままでは、進行方向で作業中の坑夫五名が轢死《れきし》する。

しかし良平が分岐器を動作させれば、トロッコの進路は切り替わる。

変更進路の先にも一名の坑夫がいる。その一名は死ぬことになるだろうが、五名の命が助かるのだ。

良平は決断を迫られ——そして決断した。

それからかなりの月日が経《た》った。

良平は二十六歳の社会人になっていた。

仕事は大変である。心労が良平の頭を苛《さいな》む。

特に辛《つら》くなると、いつも八歳の時の決断が頭に蘇るのだ。

――あの時の決断は正しかったのだろうか……。

かつて己が下した決断は、何年経っても良平を縛り続ける。

おそらく一生、良平は過去の決断から逃れられないのであろう。


「人間っていうのは、自己犠牲に酔うことはできても、他者を犠牲にすることに酔うことはできない」

過去の回想に浸っていた夏子は、英世《ひでよ》の眼光により現実に引き戻された。

「自分の決断のせいで他人が死ぬ。そのストレスに耐えられる者は少ない。北里も耐性は低い方だろう。だがあいつは『日本の医療のため』という一念のみで、苦しい決断を乗り越えてきた。あんたは同じことができるか？」

英世は指を二本立てる。

「あんたの妻、そして長女が病気にかかった。患者は二人で薬は一人分。投薬しなければどちらかが死ぬ。あんたはどちらを助ける？」

いや、と英世は言い直す。

「あんた……どちらを見殺しにする？」

夏子は黙した。

互いに目線をぶつけ合わせる。

この問いからは逃がさない、と英世の目は言っていた。

夏子は目を瞑《つぶ》り、己の心と向き合う。

やがて夏子が目を開いた時、強烈な風が吹きつけた。

「　　」

風は夏子の答えを攫《さら》っていく。

だが英世には、夏子の回答はしっかりと届いていた。

「ククク……」

英世は肩を震わせ、笑う。

「この問いに正解はない。だが不正解はある。それは『二人が助かる方法を探す』だ。俺はあんたが不正解を口にするんじゃないかと心配していたが、あんたはしっかりと決断を下した」

二人が助かる方法を探す。

それは夏子の頭に一度は浮かんだ選択肢だった。

けれども英世は言っていた。

北里《きたさと》もこのような問いに苦しめられていたと。

もし『二人が助かる方法』なんてものが存在するなら、あれだけ命を救うことに執着していた北里が、とっくに見つけているはずなのだ。

現実はそうではなかった。

誰よりも命に向き合った北里柴三郎《しばさぶろう》でさえも、いまだに命の取捨選択をしているのだ。

北里でさえ見つけられなかった選択肢を、夏子が軽々に口にすれば、おそらく英世は「医者を舐《な》めている」と見なし、夏子を見限って米国に帰っていたことだろう。

人質となっている禰子《ねこ》だって、どうせ命は取られないのだから、見捨てたところで心は痛まない――そう英世は思っていたはずだ。

だが夏子は決断を下した。

英世は夏子の決断を聞き届け、苦しい決断を下す胆力があることを理解した。

そして英世は強敵と戦うにあたり、命を預けるに値する味方だと、夏子を改めて評価したのだ。

二人の間の緊張が、少しだけ緩んだ。

英世は大仰に両手を広げてみせる。

「このミッション、失敗すれば俺は殺されるだろうし、成功報酬もあってないようなものだ。こんなハイリスクノーリターンなミッションに俺が携わるのは、本当に稀《まれ》なことだ。あんたは運がいい」

「運がよかったら、そもそもこんな状況に陥っていない」

「だろうな」

二人は互いに皮肉な笑いを浮かべる。

そして拳を固め、ぶつけ合う。

「勝つぞ、ラトルスネーク」

「もちろんだ」

互いの覚悟は問い直し終えた。

そして挑む。

日本で誰よりも命を見つめてきた最強の医者・北里柴三郎に。

大切な禰子を奪還するために、今。

二人は行動を開始する。

Ⓚ

「臆さずにやってきたか」

地下空間に降りた二人を、巨体が出迎えた。

北里柴三郎だ。

圧倒的な実力を持つその身は、護衛を必要としない。

だから一人で場に在る。そして夏子たちを待ち構えていた。

「バカ弟子も一緒か。言っておくが、今回は逃がさんぞ」

「こっちも逃げるつもりはないんでね」

英世が肩を竦《すく》める脇で、夏子が詰問《きつもん》する。

「うちの禰子をどこにやった？」

「蒔田内《まだない》禰子か。貴様の伴侶には、すぐに会わせてやろう」

「伴侶って……やはり本気で俺と禰子を結婚させる気か」

「無論。そうなるように調整した」

調整。

不吉な言葉の響きに、夏子は歯噛《はが》みする。

やはり、神田高等女学校の卒業生たちと同様に、禰子にも何らかの処置が施されたらしい。

「ただ、まぁ……多少のイレギュラーはあった」

少しだけ、北里の舌の回りが悪くなった。

「当初は、蒔田内禰子を夏目漱石の妻にしようと考えていたのだが、蒔田内禰子の自我が強烈に反発しおってな」

「反発？」

「夏目漱石の妻はこの世に一人だけであるとして、電気刺激が中々功を奏さなかった」

どうやら禰子は、漱石の妻であった鏡子《きょうこ》に義理立てしていたらしい。

彼女は元々夏目家に拾われた身。

その忠義は漱石に留まらず、夏子や漱石の子どもたちにも向いている。

鏡子から夫を奪うことは彼女の心情に反することであり、北里の電気刺激に対しても激しく抗《あらが》ったのだろう。

——見事だ、禰子。

夏子は心中で、禰子の忠義に称賛を送った。

「あの娘の自我は強烈で、それを捻《ね》じ曲げるような電気刺激は脳を損ねてしまうかもしれん。それはワシの本意ではなく、大いに悩んだわい。全く、若いのに大した娘よ」

敵からも、禰子への称賛がある。

だが、敵の余裕さは何やら嫌な気配を感じさせた。

「あの娘を『夏目漱石の妻』とすることは不可能であった。しかし、ワシは究極の仲人《なこうど》であるからして、対策を思い付いたのよ！」

北里は爛々《らんらん》とした眼《め》で、己の狂気を垂れ流す。

「必要なのは逆転の発想！『夏目漱石の妻』が駄目なら『夏目漱石を妻』にすればよいのだ！」

……は？

夏子は一瞬の呆《ほう》けの時間を置き、続けて身震いする。

北里の言葉が芋虫のように耳に入り込んで、鼓膜を食い破り、頭の中を蚕食していくような……そんな不気味なビジョンが頭に浮かんだ。

それほどまでに、北里の言葉が受け入れがたかった。

理解しようとすれば狂気に心を持っていかれるような気がした。

「蒔田内禰子を夫として、夏目漱石を妻とする！　こうすれば、あの娘も夏目漱石の妻の座を奪い取ったことにはならん！」

「ラトルスネークッ！」

夏子は傍《かたわ》らの英世を思わず怒鳴りつけた。

「お前の師匠はとんだイカれ野郎だ！」

「んなこたぁ誰よりも俺がよく知ってんだよ！」

怒声をぶつければ、それ以上の怒声が返ってくる。

これしきのこと、いい、でギャーギャー喚《わめ》くなと言いたげだ。

この反応に、今までの英世の苦労というものが透けて見えた。

「ワシの完璧な論理を狂気呼ばわりする気か？　言っておくが、蒔田内瀰子の脳は、ワシの論理を喜んで受け入れ、立派な花婿へと生まれ変わっておる！　受け入れていないのは貴様らだけよ！」

「『受け入れられるか！』」

「フン、いくら拒絶しようが、その目で現実を見れば受け入れざるをえまい！　さぁ！　新郎の入場よ！」

北里が指を鳴らす。

すると北里の背後から、人影が近づいてきた。

姿を現したのは禰子である。

夏子は、禰子が夫になるという超解釈を聞かされたので、自身が白無垢《しろむく》に角隠しを着用する場面を想像していた。

しかし、禰子の姿を見ると、自身が着用するべきはウェディングドレスにティアラであったと知る。

禰子が着させられていたのはタキシードである。

彼女の目はどこか虚《うつ》ろで、されど確かな執着を宿し、夏子を見据えている。

頬はほんのりと上気し、微《かす》かに開いた口からは荒い吐息が漏れていた。

「新郎よ。新婦を迎えに行くがよい！」

北里が禰子の耳元で唆《そそのか》せば、禰子は魂の抜けたような笑みを浮かべ、夏子に向けて手を伸ばす。

この手を取り給《たま》えと言いたげだ。

脳への電気刺激に加え、碌《ろく》でもない薬品でも使われたのだろうか。

何か得体のしれない強制力の影響下にある状況だと、一目で分かる。

「禰子！　待ってろ、正気に戻してや……」

夏子が禰子に向けて呼びかけると、英世《ひでよ》が手で制した。

「俺がやる」

「お前が？」

「ああ」

英世が夏子を守るかのように前に立てば、禰子の表情が少しだけ歪《ゆが》む。

「……ククク。自分の妻となる女の、隣に立つ男を前に、一丁前に嫉妬か？」

英世が禰子の在り様をあざ笑えば、禰子はゆっくりとナイフを取り出した。

「マセガキが。さっさと来い」

英世が挑発の重ね掛けを行う。

瞬間、禰子が英世目掛けて突撃した。

夏子を手に入れるための障害を排除する――突撃してくる彼女の胸の中はそんな考えで満たされているのだろうし、シンプルな思考であるが故に迷いがなかった。

恐れ知らずな足取りは、彼女をあっという間に英世の元に運ぶ。

「愚直だな」

英世の言葉は、彼が瞬時に脱いだ白衣と共に、禰子に投げかけられた。

宙に広がる白衣に、そのまま突っ込んでしまう禰子。

白衣は禰子の視界を奪う。禰子が白衣を振りほどく。

開ける視界のなか、彼女が見た光景は、英世が拳を固めて肉薄した姿。

一撃。

英世の拳が禰子《ねこ》の腹部に着弾。

そのまま禰子は微かに呻《うめ》き、場に崩れ落ちた。

起き上がる気配はない。

完全に意識を刈り取られたようだ。

「相変わらず鍛錬不足だ。精進しろ」

禰子を鮮やかに片づけた英世は、かつての師を見る。

北里は腕組みをして英世に視線を返す。

この二人が向き合うと、場に居合わせる夏子にも妙な重圧が伝わってくる。

両者の間にあるという因縁は聞けずじまいだが、二人の緊迫感からして、相当な過去があったのだろうということを察した。

場に存在感を示す北里。

白衣を脱いでダークなシャツを露《あら》わにする英世。

対極の二人が、激突前に言葉を交わす。

「覚悟はできているだろうな？」

「かつての師をぶちのめす覚悟なら、いくらでも」

「相変わらずの減らず口よ」

北里は獰猛《どうもう》に笑い、そして――

「ならばその口、永遠に塞いでくれるわ！」


バチィッ！

北里の体軀《たいく》を紫電が駆ける。

先日はナイフにより、英世の逃走を許してしまった彼は、最初から全力の電流で事に当たる気構えを見せている。

迂闊《うかつ》に近寄れば電撃的なカウンターを食らう。

さりとて間合いを取り続ければ相手優位。こちらの持つ人数差の優位を緋色の研究《スカーレットワークス》がひっくり返してくる。

攻撃の起点が必要であった。人間要塞・北里の防衛網を突破する起点が。

そして、その起点は夏子の服の袖の中で出番を待っていた。

「行くぞ！」

夏子は、袖に隠し持っていた投擲物《とうてき》を投げた。

戦の始まりを告げる鏑矢《かぶらや》は大人の握りこぶしほどの大きさ。

適度に壊れやすい鋳物《いもの》で作られ、山なりの軌道で北里に飛ぶ。

「！」

即座に北里の反撃。北里の袖から、緋色《ひいろ》の物体が宙に伸びる。

緋色の研究《スカーレットワークス》だ。電流により硬度を、北里の腕力により速度を得た物体が、槍《やり》のように変化して宙を舞う物体に激突する。

途端——閃光《せんこう》が場に満ちた。

夏子は急いで目を瞑《つぶ》る。「来る」と分かっていた閃光とはいえ、タイミングを計るのは難しかった。

一瞬だけ目を瞑るのが遅れたせいで、視界を強烈な光が刺した。

目を瞑る間際《まぎわ》、相対する北里の輪郭が光の奔流に呑《の》まれるのが見えた。

作戦の第一段階は成功のようだ。

——迂闊に近づけば一撃で潰される。接近する隙を作るしかない。

戦いの前の作戦会議で、夏子と英世の見解は一致していた。

ならばどうするか。

――マグネシウム粉末と少量の火薬を詰めた光の爆弾を使う。即席だが、これにより一瞬の隙を得られるだろう。

そんな英世の作戦を、夏子は採用した。

流石《さすが》に脳移植なんてものを手掛けるだけあって、英世は器用であった。

緋色の数字で刻まれるカウントダウンのなか、彼は必要な装備を用意していた。

――緋色の研究《スカーレットワークス》に流れる電流のエネルギーを受けて火薬が引火すれば、その熱でマグネシウム粉末も発火。酸素と反応した瞬間、強烈な光を放つ。

――それで北里の目を一瞬だけ潰す。接近する唯一の隙は、そこだ。

英世と行っていた作戦会議の内容を頭の中に呼び起こし、行動に移す。

とりあえず光の爆弾での攻撃は完璧。

手筈《てはず》通りに、二人は目を開き、北里目掛けて駆けた。

「来るぞ！」

「分かってる！」

疾駆の途中で英世が叫ぶ。夏子が応じる。

重圧を肌で感じた。二人は足から北里に向けて滑り込む。

低くなった視点の上を、緋色の攻撃が通過していった。

戦場を横薙《な》ぎに駆け抜ける範囲攻撃。

直撃したら一撃で意識を持っていかれたはず。


――相手は、目を潰されながらなお、俺たちに反撃しようとするはず。

――おそらく最初は横薙ぎの攻撃。その下を潜《くぐ》り抜けて、距離を詰める。

――次撃は……全く予想できないので、高度な柔軟性を維持し臨機応変に対応する。


英世の記憶にある、北里の気性や戦闘能力。

それらを参考に、二人は戦いの前に入念な予測を行ってきた。

攻撃に速さと重さを兼ね備える北里相手の戦闘は、相手の動きを徹底的に先読みすることが求められる。読みの誤りは敗北に直結する。

読み勝負……北里との戦いは、将棋に似ていた。

将棋と違うのは、北里は初手から一方的に王手をかけてくる点だ。

――こんなふざけた将棋、あってたまるか！

夏子は心中で吐き捨てつつ、北里が連発してくる初手からの王手を必死で避ける。

そして、遂《つい》に。

夏子の杖《つえ》、英世のナイフの間合いまで距離を詰めることに成功した。

互いに心音が聞こえてきそうな間合い。北里から放たれる紫電に、身も心も縮こまる心地がする。

それでもここは、望んで身を投げ入れた死地なのだ。

あえて危険地帯に身を置き続け、勝利を摑《つか》むために二人は舞う。

「ええい！　小賢《こざか》しい！」

北里が苛立《いらだ》たしげな声を上げた。

夏子が杖で殴打《おうだ》し、英世は刃《やいば》で切り付ける。二人で鋭く攻撃を重ねていく。

この頃になると北里は視力を完全に取り戻しており、二人の波状攻撃を的確に捌《さば》いていく。

相手の足運びは滑るように滑らか。

そして反撃の拳は破城槌《はじょうつい》のように重い。

夏子たちは今のところ全て計画通りに事を進めているのだが、状況は依然として相手優位である。割に合わない試合運びだ。

「ぬうん！」

ついに北里の拳が、ナイフを握る英世《ひでよ》の手を捉えた。

「ぐっ！」

英世の手からナイフが吹き飛ぶ。

丸腰になる英世に、北里が残忍な笑みを浮かべる。

「もらったァ！」

北里が拳を英世の顔面目掛けて放つ。

一拍、遅れて英世が手の中に瓶を躍らせた。

瓶には透明な液体が入っている。英世はそれを、北里に向けて投げつけようとした。

「――ッ⁉」

その挙動に、北里が間合いを開けた。

英世の顔面を砕く好機であったはず。だが、無理やり英世から離れようとした。

そこに生じるのは僅かな、しかしこのレベルの戦いにおいては致命的な隙。

そこを夏子は見逃さない。

杖の中、出番を待っていた白刃《はくじん》を抜き放つ。

金属質な光沢を視界の端に捉えた北里が、驚愕《きょうがく》に目を見開く。

「仕込み——っ‼」

刀の切っ先まで、自分の闘志を行き渡らせる。

ロンドンで編み出した神秘の武術『バリツ』に、親友が念を込めたという守り刀の加護が加われば、極めて攻撃的な演武が成立する。

——食らえ！

舞うように放った数度の斬撃が、夏子の手に確かな感触を伝えた。

人間要塞の防衛網を潜り抜け、攻撃が通ったのだ。

「ぬ、ぅうううううっ⁉」

北里は大きく後ろによろめく。

一歩、二歩、三歩……それでも彼の後退は止まらず、四歩目でようやく安定を得た。

「……ぬかったわ」

北里が悔しげに言う。

夏子の奇襲により、彼の着衣は切り裂かれていた。

そして、先だっての戦いにおいて夏子を苦しめた装備——腿《もも》に装着された硫酸電池、そこから伸びるコードは両断されていた。

このコードこそ、緋色の研究《スカーレットワークス》に電流を吹き込んでいた源。

これが断ち切られた今、緋色の研究《スカーレットワークス》はもう動かない。

手筈通り、夏子は緋色の研究《スカーレットワークス》を潰すことに成功したのだ。

「……北里柴三郎《きたさとしばさぶろう》。あんたは凄《すさ》まじい医者だよ」

武装を失った師に対し、英世は一定の間合いを保ちながら語り掛ける。

「一九一二年の今時点でもう断言できる。あんたは俺の中では、二十世紀における最高の医者だ。医療の発展に何もかもを捧《ささ》げる、情熱に満ちた偉人だ」

「………」

北里は無言で英世を睨《にら》む。

英世は言葉を並べていく。

「情熱の裏には、物語がある。あんたは一八九四年に『死神殺しの物語《ゴッドハント・テイル》』作戦に参加し、ペストの大規模発生の現場を目《ま》の当たりにした。ペストを防ぐために町が焼かれ、多くの香港《ホンコン》市民たちが路頭に迷う姿を見た。黒ずむ死体は山となり、埋葬する場所もなく、花畑を掘り起こして埋めていく――病魔の猛威をあんたは目の当たりにした」

その光景は、北里の頭に強く焼き付いた。

以来、北里は感染症との戦いに一層の情熱を燃やすことになった。

そう英世は説き、弁を振るい続ける。

「あんたは感染症の恐ろしさを誰よりも知っている。感染症や公衆衛生に対する狂気にも似た熱意は、感染症に対する恐怖心の裏返しだ。そして俺は、感染症の研究の第一人者。それはあんたも認めざるをえないだろう？」

「フン、何が言いたい？」

「感染症を恐れるあんたは、俺にも恐怖を抱いている」

英世は底意地の悪い笑みを浮かべる。

「俺の一挙手一投足が気になって仕方がないだろう？　いつ梅毒を仕込まれるか、どこで炭疽《たんそ》菌をばらまかれるか——俺との戦いでは、あんたは常に不安の中にいる」

「………………」

「この瓶にしたって、中身は病原菌とは無縁さ。だがあんたは俺を仕留める好機を逃してまで、この瓶を回避しようとして、そこにつけこまれた。病原菌であるかもしれない——その可能性を恐れるが故に、あんたは実力を出せない」

英世は、北里に指と自論を突きつける。

「分かるだろ。あんたにとって俺は、戦闘における天敵なんだよ。そしてあんたは、頼るべき武装である緋色の研究《スカーレットワークス》まで失った。これ以上戦っても、あんたに勝ち目はない。降伏しろ、北里柴三郎！」

英世に降伏を要求された北里は、俯《うつむ》いた。

暫《しばら》く無言の時間が流れた。夏子と英世は北里の次の言葉を待っている。

そして――

「ク、ククク、クククク……」

不気味な笑いが地下空間に轟《とどろ》く。

俯いた北里が、肩を震わせて笑っているのだ。

「なるほどのう……確かにワシは、貴様の挙動に感染症の影を常に疑っておった。それは認める。緋色の研究《スカーレットワークス》も機能を停止した。それも認めよう」

自分に不利な点を認め、けれど北里から放たれる重圧は消えない。

いや、夏子の気のせいでなければ、北里が放つ圧は増大している。

「だが、貴様らは大きな勘違いをしているぞ」

「勘違いだと？」

意外な一言に、英世が目を怒らせる。

北里はニヤリと笑った。

「緋色の研究《スカーレットワークス》のことよ。貴様らはあれのことを全く理解しておらん」

「どういうことだ？」

夏子が問う。すると北里は「ふむ」と鼻を鳴らし……夏子を見る。

「夏目漱石《なつめそうせき》。先日ここで戦った折、アーサー・コナン・ドイルはお前の師だと言っておったな？」

「ああ」

「よかろう。かの人物の弟子なら、ワシの語りを聞く権利もあるだろう」

そう前置く北里の語りは、意外な問いかけから始まる。

「時に、夏目漱石。貴様は四書五経を知っているか？」

「……『論語』『大学』『中庸』『孟子』の四書に、『易経』『詩経』『書経』『礼記』『春秋』の五経のことだろう？」

挙げたのは中国の古典である。

夏子も全て読破している。

面白さはなかったが、いずれの書からも貴重な学びを得られた。

「幼少時代のワシにとって、本とは四書五経のことであった」

北里は懐《なつ》かしむように喋《しゃべ》る。

「代々庄屋《しょうや》の血筋で、厳格な家に育てられたワシは、父から娯楽本を許されなかった。本を読むということは、古来の偉人から学びを賜ること。姿勢を正し、あるいは直立不動で本に臨まねばならぬ——それが父の教えであった」

なるほど、と夏子は思う。

北里の家は娯楽本に理解がなかったらしい。

本の基準が四書五経であるというのなら、おそらく北里家において、夏目漱石の作品は全て廃棄対象となることだろう。

「父の教えを愚直に受け継いだワシは、本から娯楽を得るという発想を長らく持たなかった。本は学びのためにあるべきものだと信じていた。だが、ワシは出会ってしまった」

北里は大きなため息を吐《つ》いた。

「そう、アーサー・コナン・ドイルの『緋色《ひいろ》の研究』だ。シャーロック・ホームズの物語は本当に素晴らしく、楽しく、力強いものであった。ワシが父から受け継いだ固定観念や価値観……そんなものを粉微塵《こなみじん》にして、『緋色の研究』はワシの鞄《かばん》の中にずっと居座っていた。あの本と出会ってからずっと、ワシはホームズシリーズのファンだったのだ。野口、貴様が樋口一葉《ひぐちいちよう》作品に熱中していたようにな」

北里の目線が英世に向く。

英世は黙したまま、北里に注意を払い続けている。

英世が先ほどまで持っていたナイフが床に転がされている。北里はそれを指さして、英世に問う。

「樋口一葉作品に入れ込んでいた貴様に問う。あのナイフに『たけくらべ』と名がついていたら、貴様はあのナイフで人を殺せるか？」

「は？」

「あるいは『うもれ木』でも『十三夜』でもいい。貴様は、樋口一葉の作品の名を冠するナイフで人を殺せるかと聞いているのだ」

「…………」

英世は無言であった。

その無言が、逆に雄弁に答えを返していた。

樋口一葉作品を敬愛する英世が、作品の名がついた武器で人を殺すことはできない。

英世はそれを、樋口一葉の尊厳を損ねることだと考えてしまうであろうから。

そして夏子もまた、英世と回答を共有していた。

倒すべき相手が眼前にいたとして、自分が手に握っている銃に『五月雨』なんて刻印されていたら、それで撃つ気にはなれないだろう。

そんな二人だからこそ、闇の出版社の一件で、學天則《がくてんそく》に『闇桜』と名付けてしまった虚《きょ》子《し》に激怒したのだ。

「できんのだろう？　ワシとて同じことよ」

北里は言う。

「ワシもアーサー・コナン・ドイルを敬愛しており、故に彼の作品名を武器にして、人を殺《あや》めることはできん」

「ではなぜ、武器に緋色の研究《スカーレットワークス》と名付けた？」

夏子が問う。北里は首を横に振る。

「バカ者め！　そこが貴様らの勘違いだと言っておる！」

「何？」

「よいか！　緋色の研究《スカーレットワークス》は、ワシにとって武器に非《あら》ず！　ワシが自らに課した、拘束具である！」

——拘束具？

夏子は北里の言葉の意味を汲《く》み取りかねた。

「どういうことだ？」

「貴様らの指摘するとおり、ワシは感染症に恐怖心を覚えておる。故に少しでも感染症に対して抵抗力を宿すべく、徹底的に己の体を鍛え上げた。その結果……歪《いびつ》に強くなりすぎてしまった！」

北里の自己評価は、驕《おご》りではない。

彼の強さは無茶苦茶である。夏子はそれを肌身で思い知らされている。

「ワシが全力で戦えば相手を殺してしまいかねん。ワシは命を救う医者であるからして、人殺しは避けたかった！　そこでワシは自らに、全力での戦闘を封じる枷《かせ》を付けた！」

それが緋色の研究《スカーレットワークス》である！　と。

北里の叫びは地下空間に反響する。

「敬愛するアーサー・コナン・ドイルの作品から名を借りることにより、ワシは殺人衝動を抑制することに成功したのだ！　緋色の研究《スカーレットワークス》を装備した状態で戦っている限り、ワシは望まぬ人殺しの業は負わずに済んでいた！」

「ならば、俺たちが破壊したのは……」

夏子が呟《つぶや》けば、北里は獰猛《どうもう》に笑う。

「そう。貴様らが破壊したのは、ワシの武器ではなく、ワシの拘束具よ」

北里は、己の腿《もも》に取り付けた硫酸電池を外し、着衣の下に装着していた緋色の研究《スカーレットワークス》も外す。

ドサッ……！

緋色の塊が床に落ちた時、重い音がした。

――一体、あれは何キロあったんだ⁉

悪寒《おかん》が全身を包む。本能が警戒を叫んでいる。

夏子と英世《ひでよ》の眼前に、今。

己の拘束を完全に解き終えた雷神が降臨した。

「ふはははは！　軽い！　全身が羽毛のようだ！」

北里は地下空間に高笑いを響かせる。

「電流により常に鍛え続けたこの肉体こそ、ワシの最強の武器！　全ての枷を外した今、ワシは真《しん》に自由よ！」

「……ッ！」

予想外の第二ラウンドが始まった。

緋色の研究《スカーレットワークス》さえ攻略すればいい――二人の当初の前提は崩され、戦況には暗雲が立ち込めた。

――どうする？

夏子は頭の中で計算を試みる。

――俺たちの勝利条件は禰子《ねこ》の奪還。気絶している禰子を抱えて離脱するか？

否《いな》。
そんなことは不可能だ。禰子を確保する前に打倒されるだろう。
結局、勝つことでしか活路は開けない。それは戦う前から分かっていたこと。
ならばと夏子と英世は再び構える。北里は愉悦の笑みを浮かべる。
「ほう？　まだ諦めんか。それは見事よ。だが、無意味！」
途端。
信じがたい速度で北里が夏子に肉薄した。
百戦錬磨の夏子が、反応速度で完全な後《おく》れを取る。
「拘束を外した今のワシは、全てが軽く感じられる！」
北里の拳が迫る。
咄嗟《とっさ》に夏子は杖《つえ》を構えた。盾とするためだ。
相手の攻撃を見切ったからというより、完全に生存本能に任せての動作だった。
「この拳の前では、貴様らの覚悟や命さえ軽い！」
杖に拳が激突。強烈な衝撃が夏子の両手を襲う。
杖の中の白刃《はくじん》と夏子の腕の骨が揺らされた。夏子は急いで間合いを取る。
強すぎる。相手の攻撃力は、いっそ理不尽なほどだ。

英世が予備のナイフを手に躍らせ、北里《きたさと》に切りかかる。

「野郎！」

だが――

「温《ぬる》いわァ！」

鼻を突くような殺気が場に満ちて、宙を高速で何かが駆け抜けた。

手刀だ。英世の攻撃に先んじる形で、北里が手を振るったのだ。

その指先は英世の顔を掠《かす》め、彼の顔に血の線を奔《はし》らせる。

「くうっ!?」

英世が怯《ひる》み、後退。

流石《さすが》に手刀で人体を裂いてくるとは予想外だったのだろう。

傷は浅かったようだが、深い驚愕《きょうがく》に襲われているようだ。

「ワシを誰だと思っている！　ワシは北里柴三郎《しばさぶろう》！　日本の医者の頂点に立つ男！」

北里は動揺する英世に吼《ほ》える。

「教えたはずだぞ野口！　鬼手仏心――医者の手は鬼の如《ごと》く患者を切り裂き、しかし仏の心のように患者を救う！　その教えを完全に理解したワシの手は、全てを切り裂く鬼の手である！　貴様を切り裂くのに、今更何でメスに頼ろうものか！」

「あんた、もう人間を自称するのを止《や》めろ！」

あまりに理不尽な相手の強さに、英世もキレたらしい。

彼は怒声と共に怒濤《どとう》の攻撃を行う。

刃物も肉体も総動員し、苛烈な攻めの手を見せる。

応じて夏子も隠し持っていた銃を抜いた。

緋色の研究《スカーレットワークス》がない今、ダムダム弾の攻撃が通ると考えていた。

だが――


「武器なんぞに頼るのは、軟弱者の証《あかし》である‼」


北里柴三郎は強かった。強ければ何でもありだと言わんばかりだ。

英世を摑《つか》んで夏子の方に突き飛ばし、銃の射角を封じてきた。

そのまま夏子を巻き込む脚撃で英世を蹴り飛ばす。夏子の銃が宙を舞う。

二人まとめて吹き飛ばされ、なんとか起き上がろうと試みるも、北里の攻撃の威力は一撃で二人の四肢を萎えさせるほどであった。うまく手足に力が入らず、立てない。

そこに北里が追撃を浴びせてくるものだから、いよいよ窮地である。

「味わうがいい！　ワシの秘奥義《ひおうぎ》――『鉄の爪《ヤールングレイプル》』を！」

起き上がった直後の英世に接近した北里が、英世の顔面を巨大な手で掴み、そのままギリギリと握力で締めあげる。

英世が苦痛の声を上げた。

夏子は急いで立ち上がろうとするが、まだ体が回復していない。

「バカ弟子よ！　貴様に今後も生き残るべき資格があるか、ワシが試してくれよう！」

北里の指に、更なる力と殺意が加わったらしい。

英世の苦悶《くもん》の声の質の変化から、夏子はそれを感じ取る。

「なぁに、試しの内容は簡単なことよ。このまま頭部を破壊されれば、失格！」

試しと言いつつ、その実態は殺しである。

北里の指は生身でも凶器だ。

その指に仏心が宿れば、万物の命を救うことができる。

逆に、仏心を宿さなければ、万物の命の光を奪う暗黒の指となる。

「ワシの指で、その脳を頭蓋ごと爆発させてくれるわァ！」

更なる圧がかかったようだ。

それでも英世は悲鳴を上げない。師の指の隙間から爛々《らんらん》とした眼光をのぞかせ、苦痛に耐えながら両手で北里の腕を摑み、拘束を解こうとしている。

——その意気、無駄にしない！

夏子がようやく立ち上がった。

痺《しび》れたままの両手に無理をさせて、英世を拘束する北里の肘に摑みかかる。

「——！」

その挙動に、嫌なものを感じ取ったのか。

夏子の手が北里の肘を捉える前に、またしても北里は英世をブン回し、夏子に向けて投げつけた。

夏子は英世を受け止める形で床に転がる。

——流石に柔道技は警戒されているか！

夏子は歯嚙《はが》みする。

北里が己の力に慢心してくれたら、柔道技による肘関節の破壊に繫《つな》げられたのだが、相手は医者であるから人体を知り尽くしている。弱点である関節部位への攻撃は、簡単に許してくれそうにない。

「ええい、夏目漱石《なつめそうせき》め、ワシの邪魔をしおって。この際、結婚式に支障が出るほどに痛めつけるのも止む無しか！」

北里の目に怒りの火が宿った。

弟子への制裁を邪魔されて、不機嫌になったらしい。

「そうとも、花嫁が無傷でなくても構わん。花婿である蒔田内禰子《まだない》は、貴様にぞっこんであるからして、たとえ貴様に消せぬ傷が残っても生涯添い遂げるであろう。よし、結論が出た。ワシは貴様に対しても、積極的に攻撃する！」

有言実行。

北里が攻撃の矛先を夏子に変えて、高速のタックルを放ってきた。

これがまた戦車のような馬力で、おまけに素早い。

その直撃を受け、夏子は吹き飛ばされた。

すると北里は返す刀で英世に突撃し、数回の拳の打ち合いの後に、腹に強烈な殴打《おうだ》を入れる。英世も吹き飛ばされ、夏子の傍《かたわ》らに転がってきた。

「ラトルスネーク！」

夏子は倒れる英世のところまで這《は》い、彼の状態を診断する。

夏子の口から、「ひどい……」という言葉が漏れた。

「ラトルスネーク、お前、骨が……」

「ぐ、う……」

英世の返答は、言葉になっていなかった。

彼は懸命に胸を押さえ、荒い呼吸を続けている。

「終《しま》いか、バカ弟子ィ！」

北里が大股で歩み寄ってくる。

危険が迫っているが、英世は動けない。

「この程度で限界を迎えるとは笑止！　性根が歪《ゆが》みこそすれ、貴様ほどの男ならもう少し粘るかと思っていたが、よもやここで終わるとはな！」

北里の声には不満が滲《にじ》んでいた。

弟子の力量を買いかぶっていた——そんな落胆の透ける声であった。

今の北里の眼差《まなざ》しが、英世が禰子に対して時折向けていた眼差しと似通っていたのは、どこか彼らの師弟関係を感じさせる。

「せめてもの慈悲として、一撃で終わらせてくれるわァ！」

北里が拳を固める。終局の一撃が放たれる。

英世は相変わらず倒れたままだ。

咄嗟に、夏子は英世に覆いかぶさった。

かつて『闇桜』と戦った折、英世が身を挺《てい》して自分を守ってくれた。今度は自分が彼を守る番である。そんな心が、体を動かした。

「邪魔立てするなら、貴様から殴ってやるわ！」

北里の拳が夏子に向かう。

夏子は英世《ひでよ》に覆いかぶさりながら、衝撃に備えた——

強烈な気配が、場にいる面々の胸を刺した。

誰かが高速で迫ってくる。

「！」

その気配に苛烈な反応を見せたのが、北里だった。

「来たか——っ⁉」

北里の腕が出血。

軍刀での鋭い一閃《いっせん》によるものだった。

そして下手人は、場に倒れる夏子や英世を守るような位置取りで、北里と対峙《たいじ》する。

彼は軍服姿であった。他の軍人とは違う、剛健ななかに華美さのある軍服の誂《あつら》えが、彼が軍の高官であることを示していた。

軍服の肩には白衣をかけている。
その白衣が広がった時、彼はまるで巨大な鳳《おおとり》のように場に君臨していた。
夏子に背を向けている彼だが、夏子は彼の顔を鮮やかに思い描けた。
神彩のある顔立ち。
深遠な理智《りち》を感じさせる眼差し。
そして類い稀《まれ》なる文学の才能。
それら全てを宿したこの男は、木曜会のメンバーからも尊崇《そんすう》の念を集めている。
ああ、間違いない。
間違えるものか。
「助けに来たぞ、夏目君」
耳朶《じだ》を打つ声は、昔から聞き馴染《なじ》んだもの。
陸軍軍医総監・森林太郎《もりりんたろう》。
あるいは文豪・森鷗外《おうがい》。その人のものであった。

夏目漱石ファンタジア

I am Soseki Natsume.

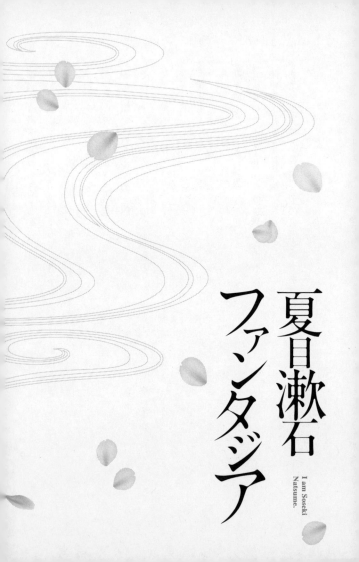

【野口英世と北里柴三郎】史実

のぐちひでよときたさとしばさぶろう

医師免許を取得したものの開業資金がなかった野口英世は、助手をしていた順天堂医院の上司・菅野徹三《かんのてつぞう》に頼み込み、院長・佐藤進《さとうすすむ》の紹介という形で、1898（明治31）年に北里柴三郎の伝染病研究所に入所した。医学の研究ではなく外国図書係という仕事ではあったものの、北里の弟子となった。野口は蔵書を勝手に売却したり、清《しん》に渡航する費用を使い込んでしまったりなどのトラブルを起こしたが、横浜海港検疫所での勤務や生涯の恩師となるフレキスナーとの出会いを仲介してもらうなど、北里から様々な恩恵を受けた。

【野口英世の幼少期と手の怪我】史実

のぐちひでよのようしょうきとてのけが

福島県猪苗代の貧しい農家に生まれた野口英世は、幼少期の名前を清作と言った。1歳のときに囲炉裏に落ち、左手に大火傷を負って左手が不自由になったことで、勉強に勤しむようになった。会津若松市にある会陽病院で手術を受けてようやく左手が動かせるようになったのは15歳のときであり、このことに感動して医師を目指すようになったと言われる。

【北里柴三郎とペスト】史実

きたさとしばさぶろうとぺすと

北里柴三郎は東京医学校（現在の東京大学医学部）卒業後、ドイツ留学中に世界で初めて破傷風菌の純粋培養に成功した。嫌気性菌培養装置はこのとき破傷風菌が酸素を嫌う嫌気性菌であることに気が付いて制作したもので、亜鉛に希硫酸を反応させると水素が発生する原理を応用し、無酸素状態を作り出すことで菌を培養したのである。その後、破傷風の免疫抗体を発見、血清治療を確立して世界的な研究者となった北里が、1892（明治25）年に帰国して福沢諭吉の支援によって設立したのが伝染病研究所である。

【緋色の研究】史実

ひいろのけんきゅう

シャーロック・ホームズシリーズ第一作の『緋色の研究』で、「顔面筋肉のちょっとした動きとか、視線の移動とかいうような、瞬間的表情によって、人心の奥底まで見ぬきうる」（延原謙訳）という、彼の人間観察と推理の「才能」が明らかにされている。

【緋色の研究《スカーレットワークス》】虚構

すかーれっとわーくす

近距離パワー型の医者である北里が、あえて装着した範囲攻撃装備。これをパージしてからが彼の本気である。

【おにぶくれ】虚構

おにぶくれ

オニグルミの別名。作中では、火傷により癒着・硬直した英世の手を揶揄する言葉。創作語であることに留意。

COLUMN

七章　真実

「二人とも、そこで動かずにいなさい」

鷗外は北里《きたさと》から目線を離さず、声だけを背後の夏子たちに飛ばしてきた。

「フン、ようやく現れおったか」

北里の獰猛《どうもう》な笑い声が場に広がる。

軍刀により傷をつけられたはずだが、そんなものは些事《さじ》だと言いたげだ。

「陰から散々に邪魔をしてくれたものよ。だが、ここで会ったが百年目」

「それはこちらの言葉だ」

鷗外の返しには並々ならぬ感情がある。北里にも当然、激情が宿っている。

互いに因縁の相手。その因縁は誰よりも深い。

その二人が出会った今、もう血を見ずには状況は収まらない。

「北里柴三郎《しばさぶろう》。帝国軍人として、貴君を拘束する」

「罪状は？」

「ここにいる二人への、殺人未遂の現行犯だ」

「脚気《かっけ》の原因を知りつつも目を瞑《つぶ》り、結果的に何万人をも殺した貴様が、たった二人への暴力を見咎《みとが》める？　随分と自分に甘い話だ」

「それは貴君とて同じこと。貧民散布論を掲げる高木《たかき》に手を貸し、あえて私や帝国大学との緊張関係を作り上げたばかりか、多くの貧民の日常を危険にさらしている。彼らの苦しむ声は、貴君の耳に入らぬか？」

「帝都の貧民問題は未《いま》だ解決できておらんではないか！　感染症の危険を高める貧民街は依然として残り続けておる！　誰かが解決しなければならんなか、高木はあえて汚れ役を引き受けた。公衆衛生のため尽力する者に手を貸して、一体何が悪い！」

「貴君の判断には情がない。このまま貴君が日本医療の頂点に立ち、医療を牽引《けんいん》する立場になれば、日本の医療は永遠に情を欠くことになる！」

「情を言い訳に、科学的真実から目を背ければ、それこそ医療の本道を見誤る！　そして貴様は今まさに、その愚を犯しているのだ、森林太郎！」

互いに論をぶつけ合うが、これは互いの間の亀裂を浮き彫りにするだけだ。

それは二人も承知なのだろう。

互いの会話は相互理解のためにあるわけではない。

相互が殺しの覚悟を固めるための儀式なのだ——そう夏子は理解した。

論には、どちらにも正しさがある。

どちらかが悪というわけではない。

二人の医者は互いに善の心で進み、今まで業を積んで、この場にたどり着いた。

世に様々な倫理や宗論があるが、悪を諫《いさ》める論はあっても、善を諫める論はない。

だから善によって行動している二人の激突を、止める言葉は存在しないのだ。

「議論など、無意味よ」

北里が低い声で、とうとう言った。言ってしまった。

「もとより、ワシの本意は貴様と論を交わすことではなく、武による決着である。それは貴様とて同じであろう？」

「……そうだな」

状況は、夏子の想像通りに帰結した。

そして始まる、死闘。

二人の激突は凄《すさ》まじいものだった。

――格が、違う。

見ている夏子が身震いするような、暴力の暴風雨と表現するべき戦いである。

鷗外の剣と北里の拳が、互いの命を吹き飛ばそうと荒れ狂う。

常人が迂闊《うかつ》に踏み入れば両手両足を吹き飛ばされかねない、暴力の力場。

夏子や英世は、自分たちの強さに自信を持っている。

それでも、この力場に足を踏み入れることは不可能だと悟った。

何せ二人の挙動を目で追うだけでも精一杯なのだ。

眼前の戦いの当事者になれと言われたら、辞世の句を用意するしかない。


床に血の筋が飛んでいる。

常人の介入を許さぬ攻防はなお続く。

どちらかと言えば北里優位にも見えるが、北里も夏子たちとの戦いからの連戦であることに加え、初撃で太刀傷を負った分が影響している。

鷗外の攻撃は鋭い。逆転を狙う余地は十分にあり、勝負はまだ分からない。

と――

「くっ⁉」

鷗外の体勢が揺らいだ。

「もらったァ！」

北里が鷗外の胸――心臓付近に掌底を打ち込む。

心臓にあれほどの衝撃を受ければ、不整脈を起こす可能性が大だ。少なくとも血流が狂い、立ち上がれなくなる。

――勝敗は決したか⁉

夏子は焦《あせ》った。鷗外に倒れられては困るのだ。

「これで終いよ！」

北里が拳を振るう。心臓部分を強打された鷗外は、その攻撃を受け入れるしかないはずであった。

だが、次の瞬間。

鷗外の軍刀が北里に強烈なカウンターを浴びせた。

「ば、かな……っ⁉」

北里が血を流してよろめく。傷は浅いが出血はある。加えて、今までの疲労や失血の影響が、これを機に一気に体に襲い掛かってきたようであった。

「なぜだ森林太郎……ワシの拳は確かに貴様の心臓を打っておった……これほどの反撃を行う余裕は、貴様にはないはず……」

「……ああ、確かに。ここに心臓があれば、私は動けなくなっていただろう」

よろめきながら、鷗外は態勢を立て直す。

その額には汗がある。

鷗外の方も、手酷《てひど》いダメージを負ったらしい。

「……私の体は、常人とは違う」

そう呟《つぶや》いた鷗外が手を当てるのは、自分の右胸だ。

「内臓が全て、常人とは位置が逆になっている。私の心臓は右にあるのだ」

「内臓……逆位か……」

北里が忌々《いまいま》しげに言葉を吐き捨てている。

すぐに思い当たったあたり、北里には症例の心当たりがあったのだろう。

彼の悔しげな顔からは、それがどれだけ稀有《けう》な症例であるかを読み取れる。

まさか目の前の当事者である鷗外が、稀有な症例の該当者であるとは予想がつかなかったのだろう。

「だが、貴様の胸には確かに掌底が入った……たとえ心臓が右にあったとて、あの衝撃を完全に殺し切ることはできまい……貴様の体は、満身創痍《まんしんそうい》である」

「……それは貴君とて同じ。本気で相手に打ち込めるのは、互いにあと一撃だろう」

「十分に過ぎるわ」

「同感だ」

互いに再び構えを向ける。

両者、一撃必殺の覚悟を胸に宿し、いよいよ戦いは最終局面に移る。

北里が勝てば、高木の貧民散布論の実現が現実味を帯びる。

多くの貧民が飢えて死ぬことになるだろう。

逆に、鷗外が勝っても、脚気を巡る真相が闇に葬《ほうむ》られる。

それが医療の未来にどれほどの影響を与えるのか、予想はつかない。

「次の一撃で、貴様の息の根を止めてくれるわ」

「いざ尋常に、勝負……！」

裂帛《れっぱく》。

二人の殺意が、場を焼いた。

息をすることすら躊躇《ためら》われるほどの緊迫が場に満ち、双方が駆けだす。

生き残るべきはどちらか。その答えが、数秒後に明らかになる。

日本の医療の方向性が決まろうとする、歴史的な瞬間。

それが目前に迫ったこの時、両者にとって信じがたいことが起きた。


「「オラァ！」」


夏子と英世《ひでよ》が二人に横槍《よこやり》を入れたのだ。

しかもそれは、「二人を止めなきゃ！」という責任感に駆られ、負傷した体を押して駆けつけた……という性質《たち》のものではない。

もっと性悪な——「全ては計画通りだ、くたばれ！」とでも言いたげな、露骨な悪意のある横槍であった。


「「!?」」

鷗外《おうがい》が夏子の杖《つえ》で殴られる。

北里は英世に蹴り飛ばされる。

双方、共に後ずさりし、踏みとどまる。

「チッ……森《もり》先生はこれくらいじゃ倒れないか」

「ここで決まれば御《おん》の字だったんだがな」

決闘に横槍を入れる非礼を働いた夏子たちは、最強格の二人に臆することなく場に立ち、一撃で仕留められなかったことを悔しがる。

二人が平然としているのを見て、北里が目を怒らせる。

「貴様ら……どうしてそこまで元気なのだ！　夏目《なつめ》漱石《そうせき》はともかく、そこのバカ弟子！　貴様はさっきまで息も絶え絶えだっただろう！」

「あんなもん、演技に決まってんだろ」

「演技ィ!?」

北里が驚愕《きょうがく》に目を剝《む》く。体の痛みも、驚きで吹き飛んだようだ。

英世に怒りを抱いている北里が、英世が弱った姿を見せたからといって、慈悲を示すとは思えない。それは英世も承知のはずである。

その状況で弱った演技をして、しかも夏子までそれに乗っていたというのは、北里には理解しがたい一手であった。

夏子は言う。

「あの状況で俺たちが弱ったふりをすれば、必ず森先生は介入してくる。そう踏んだまでだ。現に、状況は俺たちの読み通りだったしな」

「待て」

夏子の言葉は、鷗外からも驚きを引き出した。

「夏目君……君は私の動きを読んでいたというのか？」

「全て理解しているさ、森先生。あんたが俺たちを監視していたことも、性懲りもなく、ふざけた策謀を巡らせたことも含めて、全て！」

鷗外に指を突きつけて、夏子の宣言は轟《とどろ》いた。

「全てをつまびらかにしてみせよう。あんたらの傍迷惑《はためいわく》な策謀、その全てを！」

Ⓚ

それは、決戦前夜のことだった。

明日は北里との戦いという中、夜が更《ふ》けても夏子はランプを消さず、考え事に浸っていた。

それを英世が見咎《みとが》めると、夏子は英世に言う。

『なぁラトルスネーク。やはり納得がいかないんだ』

『何がだ？』

『俺がこんな騒動に巻き込まれた端緒がだよ。俺と禰子《ねこ》は學天則《がくてんそく》・トールハンマーの情報に踊らされて、あの魔窟に足を踏み入れることになった。そこで出会った北里は、俺たちとは別の誰かを待ち構えていた。その時点では、北里と俺に因縁はなかった』

『ああ』

『北里は俺たちを見て、何かに気付いた様子だった。そしてそのまま俺たちを神田高等女学校のネタで挑発し、俺が挑発に乗り、戦闘が始まった——』

『今更だが、あんたはもう少し自制心を養うべきだった』

英世の小言が耳に痛い。

自分が挑発に弱いことは承知。それが欠点であるとも理解している。

だが、他人から言われるのは何かと悔しい。

夏子は大人げなく反論する。

『そうは言ったって、あんな挑発を受けたら戦わざるを得ないだろう！』

『まぁな。戦わざるを得ない……か』

そう呟いた英世が、ふと眉根を寄せる。

『……よく考えると、以前に似たような出来事があった』

『ん？』

『一八九四年の香港《ホンコン》で北里が参加した「死神殺しの物語《ゴッドハント・テイル》」作戦だ』

英世は語る。

かの事件では、反外国を掲げる宗教・白教《はくきょう》の構成員に、日本人医師団がケネディタウン病院にてペスト罹患《りかん》者の死体の解剖を行っているという情報が届いたという。

当然、白教は激怒した。知ったからには容赦できんといきり立った。

清《しん》国を穢《けが》す島国のサルどもを駆逐すべしと、白教の構成員総出で、日本人医師団が立てこもる小屋を包囲した。

だが、小屋の中から硫酸電池を携えた北里柴三郎《きたさとしばさぶろう》が出現。

多勢に無勢の状況をものともせず、白教の構成員たちを全て叩《たた》きのめし、全員を警察に引き渡して邪魔者を一掃。解剖に差し障《さわ》りのない環境を作り上げた。

結果、日本人医師団はペスト菌を発見。

香港の災厄に終止符を打ったのである。

『……この話だが、冷静に考えるとおかしい』

英世は腕組みをしながら語る。

『そもそも極秘裏に進めていた解剖の情報が、なぜ白教に漏れた？　有事の際の避難先である小屋の件まで含む極秘情報がそんなに易々《やすやす》と漏洩《ろうえい》するか？　あの時、派遣されていた六名は、北里を筆頭に皆が卓越したエリート。情報管理にも長《た》けていたはずだ』

『そんなエリート集団を凌駕《りょうが》する、情報収集のプロが敵にいたんじゃないか?』

『いざというときの避難先まで把握しているような情報筋が、北里の冗談みたいな強さを把握していなかったというのか?』

『あ……』

そうだ。おかしい。

日本人医師団を妨害したければ「北里には気を付けろ」という情報を、まず伝えていなければならない。

白教とて、事前に十分な情報を手に入れていれば、一気に全滅させられるということはなかったはず。

彼らが全て倒されたという事実からは、伝えられた情報の不完全さが窺《うかが》えた。

この情報提供者は一番肝心なことを伝えず、白教を猛獣のねぐらに送り込んだのだ。

『まさか』

『ああ、あんたも気付いたようだな』

英世は頷《うなず》く。

『白教に情報を流したのは、おそらく北里柴三郎だ。自分で情報をリークし、あらかじめ迎撃態勢を整え、彼らを一網打尽にしたんだ』

『なぜそんなことを？』

『解剖をいつまでもチマチマやってたら、ペストの対処がその分遅れて被害が増す。北里は被害を減らすため、他の日本人医師団を巻き添えに餌となり、解剖反対の過激派どもをおびき出し、打倒した。事実、白教を潰した後は作業効率が良くなり、ペスト菌の発見もできた。あの男が望んだとおりの結果だろう』

確かに、北里ならやりかねない。

夏子が北里と出会ったのは一度きりだが、その一度の邂逅《かいこう》は非常に濃い経験を与えてくれた。

北里なら横紙破りをやるだろうという確信が、夏子の中にある。

『ならば、學天則の情報も』

『ああ。北里が流したものだろう。おそらく北里はどこかで學天則に出会い、その内部構造を把握する機会を得た。あの男はそこで得た知見を利用し、自分が學天則で悪だくみをしているという情報を流したんだ』

なぜそんなことをしたか？

自問すれば、夏子の頭の中に答えが浮かぶ。

『そこまでして北里がおびき出したい相手とは、森先生だな』

『そう。ドクトル・ニルヴァーナ。今は表舞台に姿を現さず、陰から北里への政治的工作を続けている』

『姿を見せない相手を、學天則の情報でおびき出そうとした……と』

『一方、情報を得たドクトル・ニルヴァーナだが、これは北里の罠《わな》だと察した。しかし、情報を手に入れたからには、軍医総監として対処する必要がある。そこで目を付けたのが俺たち「幻影《まぼろし》の盾」だ』

『……森先生、またしてもやってくれたな』

夏子の声は硬くなる。

鷗外が夏子たちを利用した——その考えに行き着いても、夏子に動揺はない。

あの人ならやるだろう。そう思ったからだ。

鷗外は漱石に対して真摯であったが、誠実であったとは言い難《がた》い。

漱石の元婚約者であった樋口一葉《ひぐちいちよう》を勝手に冷凍保存したのは鷗外だ。

そもそも漱石が木曜会の司令官として活動していた時から、鷗外の「剣呑《けんのん》さ」は肌で感じ取っていた。

『木曜会には、様々な作家たちが集まっていた。集った中には与謝野鉄幹《よさのてっかん》・晶子《あきこ》夫婦の姿もあった』

夏子は冷ややかに語る。

『だが、あの夫婦は森《もり》先生が木曜会に送り込んだスパイだった。あの二人が情報を外部に流していた形跡がある』

『その二人がスパイだったとして、ドクトル・ニルヴァーナが送り込んだという証拠はあるのか？』

英世《ひでよ》が問うので、夏子は首を横に振る。

『派遣者が誰かまでは把握できない。あの二人、上手《うま》く立ち回っていたからな』

『では、どうしてドクトル・ニルヴァーナを疑うんだ』

『俺でさえ、あの二人のスパイ活動に気付けたくらいだ。当然、副司令官の寺田《てらだ》君も気付いていただろう』

木曜会の副司令官・寺田寅彦《とらひこ》は、普段は姿を現さず、木曜会を裏切った作家の眼前にのみ現れる。

彼の役目は、木曜会の裏を引き受けることである。

彼が姿を現した時、彼の腰で出番を待つ日本刀は、裏切り者目掛けて一直線に飛ぶ。

そのようにして、彼は闇から木曜会を守護し続けてきた。

当然、裏切りやスパイ活動に関する嗅覚に秀《ひい》でている。

『だが寺田君は俺に一切の報告をしなかった。あの寺田君が報告をしないことが、二人の裏に誰がいるかを如実《にょじつ》に物語った』

寺田は、漱石《そうせき》の損になるようなことは避ける。

もしも寺田が、与謝野夫婦がスパイであることを漱石に告げれば、漱石は二人を処断しなければならなくなる。

そうなれば二人の背後にいる鷗外《おうがい》に対する宣戦布告となる。それは漱石を危険にさらすことと同義だ――寺田はそう考えたのだろう。

だから寺田は黙したし、漱石は彼の沈黙から、裏に鷗外がいることを察した。

そして漱石は、改めて確認させられた。

鷗外が一筋縄ではいかない相手であることを。

『青山《あおやま》先生から渡された書類に、アーサー・コナン・ドイルについて言及があった』

夏子は英世を相手に語りを続ける。

『あれはおそらく、北里が流した情報に、森先生が加筆したものだろう。それを俺のところに送って寄こしたんだ。師の脳が奪われていると言えば、俺は絶対に調査に乗り出す。それを見越して……な』

『そして、あんたと別行動をとっていた俺にも働きかけて、あの魔窟の中に俺たちを放り込んだ。ここまで全て、ドクトル・ニルヴァーナの思惑通りか』

鷗外の狙いは、北里の弱体化だろう。

鷗外自身、北里と同様、武力での決着を望んでいたのだろう。

何せ脚気《かっけ》においては北里に理があることを、鷗外は知っている。

今は政治的な圧力で勝っていても、ある日を境に力関係は逆転するだろうから。

しかし、鷗外は北里の強さも知っていた。相手の策に乗り、相手が待ち受ける研究所に飛び込むほど鷗外は無謀ではない。

そこで鷗外は、かつて學天則《がくてんそく》・闇桜《やみざくら》を降《くだ》した夏子たちに目を付けた。

夏子たちが北里とぶつかれば、勝てはしないだろうが、厄介な緋色の研究《スカーレットワークス》を打ち破るくらいはするだろう。

もしかしたら夏子たちは死んでしまうかもしれないが、それならそれで、北里を殺人罪で立件すればいい——鷗外はそう目論《もくろ》んだはず。

『この企《たくら》みを、俺との会話の中で北里も察知した』

夏子の語りは続く。

『北里にも森先生の企みは望むところだった。俺とラトルスネークを打倒すれば、森先生が現れるかもしれない。ならばそれで良しと、北里は思ったんだろう。そして禰子《ねこ》を確保し、俺たちに再びの戦いを強《し》いて、そこで俺たちを打ちのめし、森先生が現れるのを待つという算段だ』

『やってくれたな』

英世が目を怒らせる。

『つまり、俺たちはあの二人にとって、戦いのための餌であったということか』

『そう。互いに譲れない思いがあり、貫くためには打倒するしかない。互いが条件優位で戦いたい中、俺たちを餌にすることは、あの二人にとって意見が一致したわけだ』

そう言って、夏子は不敵に笑う。

『なぁ、ラトルスネーク』

『なんだ?』

『ムカつかないか?』

『それはもう』

『だろう？　あの二人の大義は上等！　それは結構！　それはそれとして、俺たちを巻き込んだことは気に食わん！』

『じゃあどうする？』

『あの二人の決闘を全力で妨害してやる。あの二人のどちらからも勝ち星を奪い、二人が丁寧に誂《あつら》えた戦いの場を踏みにじってやる——どうだ？』

暗い英世の目に、この時ばかりは光が浮かぶ。

『オイ、なんだよそれ。面白そうじゃないか』

『だろう？』

『そう、そういうのだよ。そーいうのを期待してたんだよ、俺は』

『あのお偉い二人の大先生方に思い知らせてやるんだ。餌にする人間の選定を、致命的に間違えたことをな』

二人はほくそ笑んで、策を練る。

そこには大義も何もない。全てはただ、復讐《ふくしゅう》のために——

Ⓚ

「森先生。あんたは戦闘に出てくるタイミングを窺《うかが》っていた」

今、夏子は鷗外と北里に真実を突きつける。

「それを逆手に取り、俺たちは一計を案じた。ラトルスネークに深手の真似《まね》をさせ、戦闘続行が不可能であると演出。あんたの介入のタイミングを調整したんだよ」

「くっ……！」

「案の定、あんたは俺たちの予想通りのタイミングで来て、北里と殺し合いに興じてくれたな。ご丁寧に互いに傷を負ってくれて、感謝する」

今の夏子は、人の悪い笑みを浮かべている。

事実、心は愉悦に満ちている。

全ての企みが都合よく進む。これの何と甘美なことか。

少しだけ、昨年末の高浜虚子《たかはまきょし》の気持ちが理解できた気がする。

あくまで少しだけだが。

「俺たちだって戦いに身を置いた者だ。あんたら二人と真正面から戦って、勝ち筋が悪いことは計算済みさ」

夏子は肩を竦《すく》める。

そして言う。

「だが、あんたらは互いに深手を負っている。今なら俺たちにも勝機があるってものだろう。気の毒だが、あんたらの決闘を叩《たた》き潰させてもらう。餌にされたこっちにも面子《メンツ》ってもんがあるんでな」

「この状況、まさに漁夫の利ってやつだ。昔の人は上手い言葉を考えやがる」

夏子のノリに英世が合わせる。

心なしか、彼も楽しそうだ。

「正気かね」

鷗外が夏子を睨《にら》む。

「ここにいる私と北里、志す医療こそ正反対だが、互いに医療界の未来を思って戦っている。それをあろうことか君が……医療に通じぬ身が、邪魔立てをすると？」

「愚問だな、森先生。医療に通じてない身だからこそ、邪魔できるんだろ」

夏子は薄く笑う。

対する鷗外は「なるほど」と呟《つぶや》いた。

「夏目君。君はどうあっても、私の邪魔をする気だな」

「もちろん」

「ならば私も君の意に沿おう。君をこの場で倒し、その上で北里と決着をつける」

鷗外の体からは、まだ闘志の気配がある。

ダメージを負ったといっても、流石《さすが》は陸軍所属。夏子を降《くだ》すだけの戦闘能力は今なお健在であると知れた。

しかし夏子の覚悟は揺らがない。

樋口《ひぐち》夏子と森《もり》鷗外の戦いが決定する。

その傍《かたわ》らでも戦いの意思確認が行われるが——これはもう、最初から決定づけられていた戦いである。

「この状況において、ワシのやることは不変！　貴様を粛清し、次に森林太郎《りんたろう》よ！」

「ああ、そうかい。じゃあ最終決戦といこうか」

相変わらず闘志をむき出しにする北里。血だらけになりながらも、全く覇気に衰えがないことは流石と言える。

そして最強の相手に向き合う英世の顔に、夏子は妙なものを感じた。

覚悟を決めた……そんな顔だ。

夏子はふと心配になる。英世は北里を倒すための算段を事前に色々考えていたようだが、その際に自分の左手をじっと見つめ、何やら苦しそうな顔をしていた。

彼が浮かべていた苦悶《くもん》の表情は、何を意味するのか。それは夏子も分からない。

いや、と夏子は思い直す。

英世《ひでよ》が「任せろ」と言ったのだから、場を預けるのが夏子の役目だ。

目下、夏子が向き合うべきは、これまた強敵・森鷗外。

彼を打倒し、鷗外と北里の策謀を粉微塵《こなみじん》に打ち砕き、両名に生き残ってもらう。

それが一番スッキリする事態の収束方法。

自分が望む結末を摑《つか》み取るため、あともうひと踏ん張り。

——行くぞ。

親友の念が宿る杖《つえ》をきつく握り、夏子は歩みを進めた。

Ⓚ

森鷗外には、忘れられない光景がある。

一八九二年の頃である。

鷗外は慶應義塾大学の美術講師を任された。

西洋の美と日本の美の違いを中心に論じろとのことであり、芸術に理解のある鷗外にとって、やりがいのある任であった。

授業の準備にあたり、鷗外《おうがい》は京都に足を延ばした。日本の美の研究のためである。

じっくりと散策すればするほど、京都の情景は味わい深いものであった。

町のそこかしこに美があった。

だんだん整備が進んでいるという鴨川《かもがわ》は、地元民からすれば「風情《ふぜい》を失った」という評であったが、鷗外は十分に美しいと感じた。

高瀬川も良い。特に船回しで高瀬舟が往来しているのを見るのは、自然と人間の営みの調和を感じられて、創作の意欲が惹起《じゃっき》された。

しかし、何より。

鷗外の心に強く刻み込まれた「美」こそ、平等院鳳凰堂《びょうどういんほうおうどう》であった。

建物の前に立ち、鷗外は心打たれた。感情が暴れ出し、目から涙が一筋零《こぼ》れた。

――これは「愛」だ。

鷗外はそう思った。平等院鳳凰堂が疫病や貧困の蔓延《はびこ》る時代において、人々の救いを願い建てられたものだと知っていた。

その知識が、眼前の光景と結びついた時、鷗外の胸の中に感動が生まれたのだ。

――人々を病から救うための知識も技術もなかった時代において、それでもなお人々に救いを与えようと、この建物はあったのだ。それを「愛」と呼ばずして何と呼ぶ。

愛とは、鷗外を呪った言葉である。

鷗外はかつて、ドイツ留学中に踊り子と知り合った。名をエリーゼと言う。

鷗外とエリーゼは愛し合う仲となったが、二人は別れた。軍人としての立身出世を嘱望されていた彼の伴侶として、外国人の踊り子である女性を、周囲が許さなかったのだ。

鷗外はエリートである。

エリートは、国家や人民のために奉仕する義務がある——そう思っている。

だから、愛のために、国家や人民への奉仕を損なうわけにはいかなかった。

されどもエリーゼへの慕情は忘れがたく、鷗外は愛の業に悩んだ。

こんなに苦しいなら、こんなに悲しいなら、愛など要らぬと思った。

そもそも、愛という言葉が存在すること自体を呪わしくも思った。

だが、平等院鳳凰堂は、鷗外に新しい「愛」の概念を与えた。

恵まれない立場の人々に心からの庇護《ひご》を与える。

辛《つら》い境遇にある人々に、救いとなるものを見せる。

それもまた「愛」なのだと、平等院鳳凰堂は鷗外に示したのだ。

平等院鳳凰堂が宿す「愛」の美しさに触れ、鷗外の心にもまた、鳳凰が宿った。

鷗外は平等院鳳凰堂との出会いを運命だと感じていた。

奇《く》しくも「鷗外」というペンネームは、鳳凰のことを意味するものである。

鷗の字はカモメ。転じて、「つまらなく、ありふれた鳥」を意味する字だ。

だから「鷗外」という言葉は「ありふれた鳥から外れた、この世に二つといない輝ける鳥」を示す。つまりは鳳凰である。

ゴリゴリのエリート主義者が創作した嫌味なペンネームであったが、平等院鳳凰堂と出会った今となっては、本名以上に鷗外の魂に刻まれる名となった。

——私は、この時代における鳳凰となる。

鷗外は誓う。

——貧しい人々や、恵まれない人々に「愛」を示すのだ。ノブレス・オブリージュを果たさずして、何のための海外経験か！

鷗外の体は完全内臓逆位である。

普通の人間とは違った体を持つ自分は、普通の人間には成しえない使命を帯びる。

そう鷗外は信じていた。

そして鷗外が自らに課した使命こそ、弱者救済であった。

鷗外の弱者救済の特殊なところは、それを陸軍内から行ったことにある。

彼の弱者救済は実践的であった。

貧民に直接、食べ物を給付するのだ。

例えば、日比谷《ひびや》の陸軍基地では毎日、膨大な量の残飯が出た。

鷗外は伝手《つて》で専用の業者を雇い、残飯を安く払い下げた。

業者はそれを貧民街に持っていき「富飯《とみめし》（塩の利《き》いたみそ汁の中に残飯をぶち込んだ飯）」として格安で貧民たちに振舞った。

貧民たちは喜んだ。

兵にとって残飯でも、彼らにとってはご馳走《ちそう》である。

特に残飯に肉が入っていた日なんかは、一種のお祭りであった。餅が入っていた時の熱狂は怖いくらいのものだ。それだけ皆、飢えていたのだ。

この時代、残飯の処理には、ネズミを増やさぬように殺鼠剤《さっそざい》を使うこともある。

しかし鷗外は、陸軍基地から出る残飯について殺鼠剤の投入を禁じた。

陸軍基地の残飯で命を繋《つな》ぐ民がいることを、鷗外は知っていたからだ。

鷗外の措置は極めて特殊で、陸軍の兵にとっては手間の増えることであった。

だが、手間を増やされたのに、陸軍における兵からの支持は高かった。

この時代、陸軍を構成する兵士たちは、貧しい家の出自の者が多い。

そんな中、弱者救済を積極的に行っている鷗外の姿は、彼らの目にはとても頼もしく見える。鷗外のためなら、兵たちは労を厭《いと》わなかった。

また、鷗外が白米食を擁護したことも、兵たちの信頼につながった。

この時期、海軍では北里・高木《たかき》の提言により、玄米食が導入され始めている。

それを聞いた陸軍の兵士たちは、白米を奪われるのではないかと不安がっていた。

彼らにとって白米とは、単なる「美味《おい》しいもの」に留《とど》まらない。

白米とは「愛」そのものである。

極貧の家に産み落とされた彼らは、食い扶持《ぶち》を減らす厄介者として扱われていた。

貧しい家でも、跡取りとなる長男は大事にする。長男には白米を食わせるし、兵役は免除される。

しかし次男はともかく、三男以降を大事にするゆとりは家にない。

三男ならまだマシで、五男・六男となると食生活も露骨に差別される。

彼らは幼いころ、長男が食べている白米を見て「僕もあれを食べたい」と言う。

すると両親から「贅沢者《ぜいたく》め!」と叱られ、殴られるのだ。
殴られた痛みで、彼らは幼い心なりに察する。
自分は親に愛されていないと。この家にとって要らない存在であると。
そして愛へのコンプレックスを抱え、成長していくのだ。
陸軍の食生活は、そんな彼らの心を救った。
食事に白米が出たのだ。彼らにとって「愛」の証《あかし》である、白米が。
彼らは喜んで白米を食べた。お腹《なか》だけでなく、心が満たされた。
『軍隊は幸せである』
そう嘯《うそぶ》く兵が多かったのは、決して誇張によるものではない。
ここで彼らは、郷里では得られることがなかった白米に触《あい》れることができたのだ。
だから、彼らの食生活を守り抜こうとした鷗外を、兵たちは一層尊敬したのだ。
それでも、まだ。
鷗外には玄米食に切り替え、脚気《かっけ》を予防する余地があったかもしれない。
その余地を奪ったのは、日露戦争直前の出来事。
鷗外の執務室に、日露戦争のため大陸に渡る兵士たちの遺書が大量に届いたのだ。

鷗外は動揺した。

出征前の遺書は実家に宛てて書くものである。ここに届いたのはどういうことかと、部下に尋ねた。

すると部下は答える。

これらの手紙は、家で愛を得られなかった兵士たちからのもの。たとえ戦死しても、家族は悲しまないどころかむしろ喜ぶ。だから、自分たちに白米を授けてくれた鷗外に、自分たちの遺書を預けたいと願う者たちが多かったのだと。

鷗外は呆然《ぼうぜん》として、大量の遺書のうちの一つを広げた。

——銀シャリ、美味しかったです。

——あれを食べられただけでも、死地に赴く意味になります。

——とても畏れ多いことですが、あなたを父と呼びたかった。

そんな内容だ。

他の遺書も似た内容だった。

みんなが白米を食べられた嬉《うれ》しさと、鷗外への感謝を綴《つづ》っていた。

『お、おおお……』

鷗外は呻《うめ》いた。厠《かわや》に向かい、吐いた。泣きながら吐いた。

自分は誰かを救えた気でいたが、甘かった。

こんな悲しい手紙をしたためるような時点で、兵たちの状況は鷗外が考える救いとは程遠かった。

――もっと、もっと救いを！　恵まれない人々に救いを！

鷗外は強迫観念に駆られた。

自分一人で背負うには重すぎる使命だが、鷗外は自分の体が特別であることを論拠にして、自分には使命を背負う力があると己を鼓舞した。

――もっと愛を！　もっと愛を与えなければ！

人々を救いたい。生きているだけではダメなのだ。人生には愛がなければならない！

そう願う鷗外の「愛」は、再び鷗外を縛る呪いに変わっている。

――だからどうしたというのだ！

呪いだろうが、何だろうが、自分が歩む原動力になれば何だっていい。

――恵まれない人々を私が救うのだ！　そのためには、どんな障壁をも打ち砕く！

鷗外は改めて決意した。兵たちの望みである白米食も、守り抜くと誓いを立てた。

その誓いを貫くためには、鷗外を否定する北里柴三郎《きたさとしばさぶろう》が邪魔であった。

本当は北里の方が正しいことは理解している。だが、理解と納得は違うのだ。

Ⓚ

今、鷗外《おうがい》は夏子と対峙《たいじ》している。

貧民散布論の実現の可能性を、北里の命ごと断ち切るつもりでいたが、まさか夏子に道を阻《はば》まれるとは想定外であった。

本来の戦闘能力は、鷗外が夏子を上回る。

しかし夏子と英世《ひでよ》の策謀によって、夏子優位の条件で戦わなければならない状況。

——勝てる。

鷗外はそう踏んでいた。

——眼前の相手には勝てる。問題は、その後に北里柴三郎と戦い勝てるかどうかだ。

あくまで目的は北里柴三郎。

夏子は前哨戦《ぜんしょうせん》に過ぎない。だから。

「ハァッ！」

戦いが始まる前に、鷗外は己の傷が痛むことを受け入れ、気迫で夏子を圧倒する。

「ッ！」

夏子の表情が凍り付く。

だが、鷗外の願い通りにはいかないものだ。夏子は杖《つえ》を手に、更に一歩を踏み出してきた。ここで考えを改めてくれたら、楽だったのだが。

鷗外の気迫は手練《てだ》れを怯ませ、常人なら動けなくなるほどのもの。

それでも夏子は鷗外を止めにやってくる。退《ひ》く気はない様子だ。

——仕方ない。

鷗外は悔しがる。

——樋口《ひぐち》さんの体に傷をつけるのは本意ではないが、場合によってはやむを得ない。

鷗外もまた、夏子と戦う覚悟を固めた。軍人に必要なものは、いつだって覚悟だ。

軍刀を構え直せば、夏子も杖を構える。

両者は互いを探り合うように目線をぶつけ、そして突撃する。

——勝てる！

胸の痛みは己を苛《さいな》むが、耐えられる程度だと判断。

この程度なら夏子を上回る剣技が出せる。夏子の剣を弾き、勝負は決まる！

鷗外の頭を勝算が満たす。

絶対に勝つ。そして恵まれない人々に、愛を——

ドスッ。

太腿《ふともも》に鈍い痛みが奔《はし》った。

刺されたと気付いた瞬間、鷗外は腕を振るい、下手人を弾《はじ》き飛ばした。

下手人は驚くほど吹き飛んでいく。小柄であるが故だ。

タキシードを着ているが、まぎれもなく少女で――

――あれは夏目君のところの護衛⁉

鷗外は誰に何をされたのか、ようやく知覚した。

禰子《ねこ》だ。夏子の護衛で、今は夏子を自分の嫁だと思い込まされている少女が、愛妻である夏子を守るために、鷗外の腿にナイフの一撃を食らわせたのだ。

どうやら禰子はここにきてようやく目覚めたらしい。

そして、眼前で鷗外と夏子が衝突しようとしているのを目の当《ま》たりにした。

気絶していたので状況は分からない。

だが禰子は、夏子を守ろうとしたのだろう。

傍《かたわ》らに転がるナイフを持ち、彼我の戦力差が歴然な鷗外に、懸命に挑んだのだ。

――バカな！

鷗外に強烈な動揺が生じる。

——私は圧倒的な気迫を放った。あの少女だって、私の危険さは肌身で感じていたはず。

それなのになぜ、私に立ち向かえる⁉

迂闊《うかつ》に近寄れば死ぬ。それを理解させるほどの気迫を放った。

だが禰子は向かってきた。

死の恐怖を乗り越えるだけの力が、彼女にあった。

その力とは何か？

——愛の力か！

それがたとえ北里から脳に植え付けられたものであったとしても、禰子は本気で夏子を妻だと思い、愛している。

そして、愛する人を守るために鷗外に挑めたのだとしたら。

——だとしたら、愛のために戦う私が、愛のために敗れるというのか？

あまりにも皮肉な出来事に、鷗外の心が揺らいだ。心の揺らぎが剣に表れた。

その間にも激突の瞬間は迫っている。

鷗外の揺らいだ剣と、夏子が片手で抜き放った迷いなき剣がぶつかり合う。

それでも鷗外の武は一級品。鷗外の軍刀の刃《やいば》が、夏子の刃に食い込んだ。

「はぁっ！」

ここで夏子が気概を見せた。

刃の食い込みを許したことを逆手に取り、あえて乱暴に手を振るい、自分の剣を鷗外の剣ごと投げ捨てたのだ。

──互いに武装解除だと⁉

鷗外は驚く。

一葉の体で殴り合いでもする気なのだろうか。

一瞬、そう思った鷗外だが、次の瞬間に読み違いだと気付く。

夏子はまだ、武装解除していない。

夏子が剣を握っていた右手とは逆の手が、剣を収めていた杖を持ったままだ。

その杖を夏子が左手で保持し、寝かせ、構えを取る。

──左片手一本突き！

仕掛かりから、鷗外は夏子の技を悟った。

そして、夏子の技を避ける手段がないことも悟った。

Ⓚ

北里は英世と対峙していた。

――バカ弟子が。よくもまぁ、ワシの邪魔をここまでするものよ。

北里が英世に対して抱えてきた怒りは山ほどある。

そして英世もまた、北里に対して怒るところがあるのだろう。そう思った。

互いの怒りを言葉にすれば、一体何時間の舌戦が必要になるのだろうか。

だが、この場でものを言うのは武だ。

舌戦だと何時間にも及ぶ怒りを、ただ一撃に込めて衝突させる。

一分もかからず決着がつくだろう。

「北里柴三郎」

決戦に当たり、英世が瓶を見せながら呼びかけてくる。

先ほどフェイントに用いたものだ。

結局、あの瓶の中身は何だというのか。

「これがあんたを倒すための切り札だ」

「勿体《もったい》ぶりおって。さっさと使ってこんか。その上で、貴様をぶちのめしてやるわい」

「では、遠慮なく」

英世は瓶の封を開けた。

てっきり、投げつけてくるものかと思っていた。

ところが英世は瓶の中身を、自分の左手を覆う手袋にかけていく。

――なんだ？

北里に鈍い警戒心が生まれた。

毒薬でも劇薬でも内服薬でもない。

ならば塗り薬かと思えば、手袋の上にかけている。

薬効が生まれぬ使用法である。あれは薬ではないというのか。

ではあれは一体なんだ？

疑問に対する答えは、英世が続いて取り出した物で明らかになった。

マッチだ。英世は煙草《たばこ》の着火用に使っていたが、この時点で取り出したということで、あの薬瓶の中身を察することができた。

「貴様！」

北里は目を剝《む》く。

英世は戦いの場に似つかわしくないような、穏やかな笑みになる。

「あんたと戦うには、これくらいの覚悟が必要だろう？」

「止《や》め……」

咄嗟《とっさ》に口から漏れそうになった言葉に、北里《きたさと》は動揺した。

──バカな。ワシがどうして、あんなバカ弟子の心配など。

英世に対しての仏心など、とっくに捨てたと思っていた。

だが、英世の恐るべき一手は、北里の心の奥に眠っていた仏心を呼び覚ますほどのものであった。

「北里柴三郎《しばさぶろう》。あんたは電撃の苦痛に耐え続け、己を鍛え上げてきた」

英世は普段の人格からは想像ができない、まっすぐな目線を北里に向ける。

「そんなあんたを上回るためには、俺自身も苦痛を負わないといけないんだ。覚悟は俺の胸にある。見知りおけ、俺の覚悟を！」

英世はマッチを擦り、己の左手に近づけた。

瞬間、英世の左手が炎に包まれる。

──やはり！

英世の一手は、北里の予想通りであった。

瓶の中に入っていたのは燃料だ。英世はそれを己の手袋に染《し》み込ませ、火をつけた。

炎が生じる。炎は苦痛を生む。

苦痛は英世の心に宿る、神への復讐《ふくしゅう》心を昂《たかぶ》らせる。

あれなるは、神を倒すための英世《ひでよ》の切り札。

神殺拳と呼ぶべき、覚悟の集大成。

――あえて苦痛に身を投じてまで、ワシに勝ちたいか！

何故《なぜ》だ。

この戦い、たとえ北里を倒しても、英世に実利は何もない。

それとも彼の手を焼くに値する金銭的な報酬が約束されている？

いや、あの左手は英世の心の奥底に根差すほどの傷。

金ではとても癒《いや》せない傷だ。

その傷口をあえて広げた点に、今の英世の行動原理が金でないことが見て取れた。

――おそらくあれは「火事場のバカ力」を呼び覚ますもの。

北里の頭は冷静に状況を分析する。

人間の体は血圧が上がると、興奮作用から力が上がる。

特に火事場において人間の体に火がつくと、熱の効果で血圧が上昇し、通常では考えられない力を発揮する。火は生存本能にも作用し、闘争物質が脳内に溢《あふ》れ出るため、力が更に増す。

それが「火事場のバカ力」の正体である。

――今、奴《やつ》の力は最大限にまで高められておる。だが、あの炎は肉体を激しく損傷させておる！

――ワシが奴の覚悟に取り合わず逃げ続ければ、一分と経《た》たぬうちに奴の肉体の方が限界を迎える！　勝つのはワシよ！

頭は戦況を冷静に分析し、必勝法を北里に告げた。

それなのに。

「……貴様の覚悟、見事なり！」

心が、頭が考える必勝法を無視し、北里の口を勝手に動かした。

「行くぞバカ弟子、いや、医師・野口《のぐち》英世！　貴様の覚悟に敬意を表し、ワシも最終奥義《おうぎ》で挑んでくれるわ！」

あえて挑まなくても勝てたはずの戦いに、北里は挑む。

英世を倒せば、その先に森鷗外《もりおうがい》との戦いが待っている。

それを分かっていてなお、北里は自分の右手に渾身《こんしん》の力を込めた。

次に待ち受ける戦いに残しておくべき闘志まで、全部前借りして右手に込めた。

――野口よ。貴様は見つけたのだな。

――守銭奴で利己主義者の貴様が、自分の体を焼いてまで、貫きたいと思えるもの。それを見つけられたのだな。
眼前の火の中に、弟子の覚悟と成長を見た。
既に絶縁したと思っていたが、やはりまだ、北里のなかに英世への情はあった。
だからこそ挑む。覚悟を燃やす弟子に敬意を表し、自身の全力で挑む。
――それはきっと、ワシと貴様の日々の、いい供養《くよう》となるだろう。
戻りたくても戻れない日々を弔うために、今。
二人の医者の覚悟が激突した。

「受けてみよ！　最終奥義・『雷神戦槌《トールハンマー》』！」

渾身の右ストレートが英世に迫る。
英世はそれを右腕で受け止める。
北里の手に確かな感触。破砕の気配だ。英世の右腕をへし折った。
だが、それでも英世は怯《ひる》まない。
北里の全力を受け止め切り、英世の燃える左手が戦いの構えを作る。
それはまるで大蛇の牙のように鋭く、大蛇の毒のように激しく燃える貫手《ぬきて》であった。

英世の攻撃が始まる間際《まぎわ》、北里は英世の目を見た。
彼の目は澄んでいた。その目が、北里に訴えていた。
『もう止めろ、北里柴三郎』
『あんたは人殺しなんてするんじゃない』
『そういうことは、闇医者に——俺に任せておけばいいのさ』
『あんたは光だ。日本の医療を明るく照らす、導きの光なんだ』
『その光は、かつての俺を確かに救ってくれた』
『だから俺はあんたを止める。あんたという光を、この国から失わないために』
そのメッセージを北里が受け取った瞬間、英世が左手の貫手を放つ。

Ⓚ

夏子と英世が、北里や鷗外への罠《わな》の話し合いを終えた頃。

ふと英世が夏子に言った。

『決めゼリフを提案してもいいか？』

『決めゼリフ？』

『ああ。最終決戦ってのは、締めに決めゼリフを放つもんなんだよ。善側だろうが、悪側だろうがな』

『お前、高浜虚子《たかはまきょし》みたいなことを言ってくるな。編集者のつもりか？』

『嫌か？　決めゼリフ』

『とんでもない。大好きだ、決めゼリフ』

寄席《よせ》や講談も嗜《たしな》んでいる夏子は、そういうベタなノリも楽しめる。

『で、ラトルスネーク。お前が考える決めゼリフってのは？』

問えば、英世は答える。

夏子にとっては覚えのあるセリフであった。

『それ、お前が考えたのか？』
『いや、これは……北里柴三郎から受け継いだ言葉だ』
そう言って英世は夏子から顔を背け、ポツリと呟《つぶや》いた。
『……気に入っているんだよ、このセリフは』

Ⓚ

今、二つの決闘は決着の時を迎えた。
夏子は鷗外を見据え、左片手一本突きの仕掛かりを終えた。
英世も北里の攻撃を受け止め、燃え盛る左手の貫手――神殺拳の仕掛かりを終えた。
双方、タイミングを共有し、決着の一撃を放つ。
夏子と英世は声を合わせて叫ぶ。
あらかじめ用意しておいた、決めゼリフを。

「――随分ごきげんよう《ENTLASSEN》！」

鷗外の鳩尾《みぞおち》に、北里の鳩尾に。

それぞれの必殺技が炸裂《さくれつ》する。

鷗外は呻《うめ》き、膝を床に突いて、やがて倒れた。

北里は大きく後方によろめき、何とか踏みとどまろうとして——九歩後退してから、ようやく倒れた。

北里が倒れるのを見た後、安心したように英世も崩れ落ちた。

禰子《ねこ》も再び気絶している。場の全員が、無事とは言い難《がた》くも生きている。

まずはその事実に安堵《あんど》した夏子は、急いで英世に駆け寄り、消火活動を開始した。

多くの者たちの強い思念を集め、強烈な力場と化していた感染症研究所。

激しい戦いが決着した時、場に唯一立っていたのは夏子であった。

激闘は、夏子の勝利として幕を閉じた。

そして戦いの後には後始末が待っている。

【森鷗外《もり・おうがい》】——虚構

情と業が深い男。誰からも手を差し伸べられなかった貧民たちを守るため、高木の貧民散布論に反発。その実現を阻止すべく、高木に味方する北里と政治闘争を繰り広げる。新型學天則を開発したという北里の嘘を看破し、逆に北里の力を削ぐべく嘘の情報を付け加えて夏子にリーク。北里と夏子を争わせ、弱体化を図る。文芸・美術・武技・姦計に通じた器用な人物であるが、困窮者を見捨てられないその生き様は、不器用そのものであった。

【ドクトルニルワナ《どくとるにるわな》】——史実

森鷗外は多くの別号があることで知られている。いちばんポピュラーな鷗外（鷗外漁史）以外にも千朶山房主人、牽舟居士、顕微斎主人、侗然居士、参木舎、五木生、転丸堂主人、忍岡樵客、縁外樵夫、湖上逸民、台麓学人、小林紺珠、鐘礼舎、浮漚氏、須菩提、艮崖、隠流、妄人、挾書生、ゆめみるひと、腰弁当、帰休庵、芙蓉、鮭坂居士などを用いた。

その中で「ドクトルニルワナ」は、1890（明治23）年に後に樋口一葉の担当編集者となったことで知られる作家・編集者の大橋乙羽が書いた小説「露子袖」をめぐって、評論家の石橋忍月などが論争をしていたとき、同年11月19日の『国民新聞』に掲載された「忍月居士よ」という文章に筆者として記されたものだ。この文章は、鷗外の単行本『月草』（1896（明治29）年）に収められたとき「露子袖の評を見て」と改題されて収められており、鷗外のペンネームの一つであることがわかる。だがこのとき以外にはほとんど用いなかったため、実際にはあまり知られていないペンネームだった。

【森鷗外と慶應義塾《もりおうがいとけいおうぎじゅく》】——史実

森鷗外は1890（明治23）年に慶應義塾が文学科を創設した際、友人で詩人の上田敏《うえだびん》とともに顧問として招かれている。このとき教員として推薦されたのが、永井荷風《ながいかふう》だった。また、北里柴三郎も福沢諭吉《ふくざわゆきち》の支援で伝染病研究所を設立した縁で慶應義塾とは密接な関係にあり、1917（大正6）年に新設された医学科では初代学科長となっている。

【森鷗外とエリス《もりおうがいとえりす》】——史実

森鷗外の初期の代表作『舞姫』のヒロイン「エリス」は、鷗外がドイツ留学中に恋人関係にあった実在の女性がモデルになっている。実際はエリーゼという名前だったという説が有力だが、小説のヒロインのようなか弱い女性ではなく、鷗外とほぼ同時にドイツを出国して横浜までやってきている。

【随分ごきげんよう《ずいぶんごきげんよう》】——史実

夏目漱石の『坊っちゃん』に登場する台詞。最初の「一」の章で、ずっと坊っちゃんを可愛がって面倒を見てきた下女の清が、松山に向かう坊っちゃんに向かって「もうお別れになるかも知れません。随分ご機嫌よう」と涙ながらに述べている。

【「鷗外」の由来《おうがいのゆらい》】——史実

森鷗外の「鷗外」という号の由来には諸説あり、留学前の鷗外が住んでいた千住《せんじゅ》を指しているという説が有力である。このほか、唐代の漢詩人・杜甫《とほ》の漢詩に由来するという説もある。

COLUMN

終章　おお、船長！　我が船長よ！

夏子が見守る中、英世が目を覚ました。

「気付いたか」

夏子は沈痛な表情で、ベッドに横たわる英世に語り掛ける。

「聞こえているな？　ああ、喋《しゃべ》らなくていい。まだ喋れる状態じゃないだろうから」

ベッドに横たわる英世の目が揺れた。

夏子の言葉に不安を覚えたらしい。

「……ラトルスネーク。お前は北里と戦い、重傷を負った」

夏子は慎重に言葉を紡《つむ》いでいく。

「その肉体の損傷は酷《ひど》く、そのまま放置しては命を保ち得ない状態だった。だから俺は、お前を生かすため、このような方法を採るしかなかった――」

英世の目が激しく揺れる。

夏子はたっぷり溜《た》めて、言うのだ。

「そう、脳移植だ。お前の体は今、俺の護衛――禰子のものになっている」

慌てた英世《ひでよ》がベッドから起き上がろうとして、苦痛の呻きを上げた。

彼は痛みの源である左手を見た。

その左手が、包帯と軟膏《なんこう》でグルグルのベトベトになっているのを見て、これが本来の体であるという認識を得たらしい。

「引っかかったな、ラトルスネーク」

夏子がニンマリと笑えば、英世が掠《かす》れた声で言う。

「……殺すぞ」

その声に本気さが宿っていたので、夏子は押し黙る。

「……というより、ここは病室か？　この処置はあんたが？」

英世が問えば、病室のドアが開き、二人の医者が入ってくる。

「ようやく目を覚ましおったか、バカ弟子め」

「無茶をするものだな、ラトルスネーク」

肩を並べてベッド脇に立つのは北里と鷗外だ。

互いに命を狙い合った二人だが、英世の治療に協力して対応したのだ。

というより夏子が無理やり対応させた。

決闘の勝者としての権限を振るい、二人に英世の治療を強要したのだ。

北里も鷗外《おうがい》も怪我《けが》を負っている身であったが、英世への治療を請け負った。

二人とも医者であるからして、目の前の患者を救うということにおいて、迷うところはなかったらしい。

結果、英世は早期に適切な治療を受けられた。

焼け爛《ただ》れた左手については、北里・鷗外の腕を以《もっ》てしても、完全には治せないのだという。今後、継続的な治療が必要になるのだとか。

「そうか」

右手と左手に酷い怪我を負って、それでも英世は穏やかな顔つきであった。

「今度はちゃんと、俺は医者に診てもらえたんだな」

そう呟く彼の顔には、微《かす》かな笑いすらある。

彼は彼なりに、北里との戦いを通じて、何かしらの救いを得たのであろう。

そんなことを感じさせる顔であった。

「で、あんたら、今後どうする？　仲良く和睦するか？」

「「無理だな」」

聞きにくいことを英世が問うと、場にいる北里と鷗外が即答する。

「こやつと和睦など、一生不可能よ」

「同感だ。貴君と和睦するくらいなら命を絶つ」

夏子は頭を抱える。

ああ。こいつらときたら。本当にどうしようもない。

いや、そもそも二人の抱えるものの重さを考慮すれば、和睦など不可能だと分かっていた。

二人が協力して英世の治療にあたっただけでも奇跡なのだ。

「ただ、まぁ……」

北里が言う。

「こやつとの決着については、貴様らの迷惑にならないやり方で行うこととするわい」

「私も、穏当なやり方を選ぶこととする」

二人とも、医者である前に武人と武神であった。

勝者総取りという決闘の習わしに則《のっと》り、勝者である夏子の面子《メンツ》を立てて、今後は殺し合いはやらないと誓ってくれた。

「そいつは上々」

夏子はそう言って、北里に向き直る。

「ところで、あんたにはまだ、やってもらわなければならないことがある」

「これ以上？」

「当たり前だ！」

夏子は病室の一角を指さした。

そこには椅子に縛られた禰子がいて、夏子に濡《ぬ》れた目を向けている。

ブツブツ呟き続け、拘束しておかなければ夏子に飛び掛かってくる禰子の惨状を確認し、

『私の嫁、私の嫁、私の嫁……』

夏子は銃を持ち出して北里に吼《ほ》えた。

「禰子を元に戻せ！　本来の人格に戻せなかったら、あんたの頭蓋をこいつでブチ抜いてやるからな！」

「夏目君。我々に穏当な今後を要求しておきながら、自身はなんと剣呑《けんのん》なことか」

銃を突き付けて北里を脅迫する夏子に、鷗外が呆《あき》れ声をあげていた。

Ⓚ

その後の日々は、比較的穏やかに過ぎた。

北里と鷗外は、半年の冷却期間を置くことに合意。

今後は政治的な決着をつけるとして、暴力に頼らないとの誓いを立てた。

二人の医者の今後をどう見るかと、夏子は病室の英世に尋ねてみた。

そうしたら英世は北里を「北極星のように日本の医療を導くだろう」と評し、反対に鷗外のことは「ギリシャにおける南十字星のように、医療における彼の功績は忘れ去られるだろうさ」と論じた。

ドクトル・ニルヴァーナは業を積み過ぎた——そう英世は言うのだ。

「どんな事情があっても、医者は科学的事実から逃げてはいけない。ドクトル・ニルヴァーナはその原則を破ってしまった。彼にもまた医療的な功績があるが、後世の人々は彼を『白米にこだわり、多くの人間を死なせた愚者』と嗤《わら》い、彼の功を忘れるだろう」

そうか、と夏子は相槌《あいづち》を打った。

そしてため息を吐《つ》く。

「森《もり》先生も気の毒に」

後世の笑い者にされるという彼の未来を、夏子は残念に思った。

するると、英世が首を横に振った。

「そうでもないだろう」

「というと？」

「ドクトル・ニルヴァーナを噛う世界っていうのは、きっと誰もが白米を当たり前に食べられて、白米にこだわる必要がなくなった世界だ。それはドクトル・ニルヴァーナが実現しようとしていた世界そのものだろ」

「あ……」

「ドクトル・ニルヴァーナの願いはいつか叶《かな》う。願い叶った世界でどれだけ噛われようとも、彼は白米に満ちた世界を祝福するだろうさ」

英世はそう言って、二人の医者の未来の占いの締めくくりとした。

そんな英世は、病院で治療を続けている。

治療費含めて一切合切、鷗外と繋《つな》がりの深い青山胤通《あおやまたねみち》が面倒を見てくれた。

英世の両手の怪我は重いものだ。戦線復帰は当分不可能であろう。

だが、彼にとっては納得ずくの結末だったらしく、穏やかな心持ちのようだ。

「入院中は暇だから、読書にはもってこいだ」

見舞いに行ってみれば、英世はそんなことを言う。

なるほど。確かに彼は本に囲まれていた。青山からの差し入れだという。

「みんなシャーロック・ホームズシリーズじゃないか」

「青山もファンみたいでな。北里や青山のみならず、どうやら『死神殺しの物語《ゴッドハント・テイル》』作戦に参加した医者たちは皆、ペストと戦う困難な状況のなか、ホームズの冒険に触れることで活力を回復させていたらしい」

「お前のことだから、てっきり病室に樋口一葉《ひぐちいちよう》全集を持ち込んでいるものだと……」

思っていたことを口にすれば、英世がジロリと睨《にら》んでくる。

「樋口一葉全集？　今更本を持ち歩かなくても、丸暗記しているから足りる」

やはり英世は、筋金入りの樋口一葉ファンであった。

なお、禰子《ねこ》も北里による脳の逆処置を受けて、治った。

以前より彼女が夏子に距離（物理的）を詰めてくる気がするのだが、多分治った。

うん、治っているはず。そうだと思わなきゃやってられない。

そして、夏子にとっても過去の後始末の時がくる。

先だっての詫《わ》びとして、鷗外から手紙が来たのだ。

封を開けて、驚いた。

鷗外の手紙には、別の人物からの手紙が同封されていた。

『親愛なるジュージュブ
私だ。君が船長と呼んでいた男だ。
あれから君はどうしているだろう。
君は私に行方も告げずに去ってしまった。
ならばこの手紙は、君の故郷である日本の役人に送ろうと思う。
この手紙が、君の手に届くことを祈っている。

まず、私の現状を記したい。

私はシャーロック・ホームズと和解した。

君と駆け抜けたロンドンの日々は、私の創作に新たな命を吹き込んだ。

君との思い出をホームズの冒険に組み込むことで、私はホームズシリーズを書くことが、
とても楽しくなったのだ。

君は私を過激探偵愛者《ハイパーシャーロキアン》から守り、心に傷を負った。
その君が、ホームズと和睦した私をどう思うか？
その答えを知るのが怖い。
しかし、私は君に対しては誠実でありたいのだ。
私がホームズと和解できたのは、君との思い出のお陰なのだから。
君は私とホームズの恩人である。

それと、もう一つ。
ロンドンにいる時に伝えれば良かったのだが、君には文才があると思う。
君も本を書いてみると良い。
もしかしたら君は、世界で二番目に凄《すご》い作家になれるかもしれない。
無論、一番は私とホームズのコンビだがね。
君の行く末に幸運多きことを祈る。
そして心から言わせてくれ——ありがとう。

君の船長、あるいは生涯の友より』

手紙を読み終えて、夏子はまず、手紙を様々に見分した。

手紙が暗号であり「S・O・S」の合図なのではないかと疑った。

師が過激探偵愛者《ハイパーシャーロキアン》たちに囚《とら》われている可能性を危惧したのだ。

しかし、手紙に仕掛けはなにもない。

ドイルが自身の言葉で綴《つづ》った手紙であった。

それを夏子は確信した。


手紙を改めて読み、夏子の顔にも笑みが浮かんだ。

夏子は禰子に頼み、ブランデーを買ってきてもらった。

ブランデーは、執筆中にドイルが好んで飲んでいた酒である。

夏子は二つのグラスを用意し、それぞれにブランデーを注ぐ。

片方を手に取り、もう片方のグラスに向けて。

忘れようと努めて、だけど心の奥底に残り続けたロンドンの思い出を今、鮮やかに頭に思い浮かべながら夏子は叫ぶ。

「おお、船長！　我が船長よ！」

夏子の口から放たれる言葉は、軽やかに広がっていく。
「あなたとシャーロック・ホームズの栄光に、乾杯！」
夏子はブランデーを一気にあおり、思い出と和解した。
――今度、ラトルスネークを見舞った折に、ホームズシリーズを借りてみるか。
読書に前向きになれた、冬の日。
夏子は晴れがましい顔で、師との思い出を肴《さかな》に、久しぶりのブランデーを楽しんだ。

了

あとがき

北海道・岩内町に『文豪夏目漱石《なつめそうせき》立籍地』の碑《ひ》がある。

かつて夏目漱石は二十年以上にわたり本籍を北海道に置いていた。大正二年に東京府へ戸籍を戻すまで、漱石は道民であった。

もう一つ、漱石には笑いの才能があり、明治三十八年の『吾輩《わがはい》は猫である』では多くの笑いを獲得した。帝都中を笑いで包み込んだ漱石は、まさしく笑いの怪物であった。

漱石は道民であり、笑いの天才。この事実から私は一つの思索を試みた。

それこそが「夏目漱石＝大泉洋《おおいずみよう》」説であった。

名優・大泉洋を語る上で欠かせない映画に、平成八年の『ガメラ2』が挙げられる。

漱石と大泉洋を結びつけた私は、かの作品の思い出から『夏目漱石ファンタジア2』の着想を得た。

謎の現象に未知の敵。犠牲者の情報から相手の特徴を分析していき、日常の些細《ささい》な光景からふと、謎に迫る足掛かりを得る。やがて全ての事象と事象が繋《つな》がった時、強大な敵に挑む方策を見つけ出す――かの作品は、SF作品であると同時に、心躍るミステリー作品であった。そして「入念な分析の上で挑むべき最強の敵」の素晴らしさを私に刻み込んでくれた、私の創作における良き手本でもあった。

この甘美な映像体験が土台となり、拙作における北里柴三郎《きたさとしばさぶろう》像は完成した。

今回も多くのお力添えを頂いたので、厚く御礼申し上げたい。

担当編集のM氏は私の世界を広げてくれた。M氏が考案してくれる様々な企画を通じて私は新たな世界に触れることができ、それらは新鮮な驚きと喜びをもたらしてくれた。

森倉円《もりくらえん》先生の素敵なイラストは私の世界を大いに彩《いろど》ってくれた。どのイラストも本当に素晴らしかった。特に森鷗外《もりおうがい》の造形は、私の予想をはるかに凌駕《りょうが》するものであった。

大橋崇行《おおはしたかゆき》先生の監修は私の学びを深めてくれた。本著に提供頂いたコラムの一つずつが凝縮・精錬された知識の塊であり、それに触れられたことを嬉《うれ》しく思う。

ほか、ファンタジア大賞の選考委員の先生方、編集部の皆様、校正や営業に尽力下さった皆様、様々な企画に関わって下さった皆様に。

そして、この本を手に取って下さった皆様に、心からの感謝を申し上げる。

令和六年五月某日　零余子《れいよし》

お便りはこちらまで

〒一〇二-八一七七
ファンタジア文庫編集部気付
零余子（様）宛
森倉円（様）宛

富士見ファンタジア文庫

夏目漱石《なつめそうせき》ファンタジア2

令和6年6月20日　初版発行

著者——零余子《れいよし》

発行者——山下直久

発　行——株式会社KADOKAWA
〒102-8177
東京都千代田区富士見2-13-3
0570-002-301（ナビダイヤル）

印刷所——株式会社暁印刷

製本所——本間製本株式会社

ISBN978-4-04-075495-6 C0193 ◇◇◇

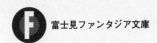

切り拓け！キミだけの王道
ファンタジア大賞
原稿募集中！
賞金
《大賞》300万円
《金賞》50万円
《銀賞》30万円
選考委員
細音啓 「キミと僕の最後の戦場、あるいは世界が始まる聖戦」
橘公司 「デート・ア・ライブ」
羊太郎 「ロクでなし魔術講師と禁忌教典《アカシックレコード》」
ファンタジア文庫編集長
前期締切 8月末日
後期締切 2月末日
公式サイトはこちら！ https://www.fantasiataisho.com/
イラスト／つなこ、猫鍋蒼、三嶋くろね